La Ha...

El regreso ...

Una Novela

Revisada y expandida

De la autora de la novela *Esperando en la calle Zapote*, ganadora del premio Latino Books Into Movies Award, categoría Drama TV Series (2018)

Betty Viamontes

La Habana: El regreso de un hijo

Copyright © 2018 Betty Viamontes

Título Original:
Havana: A Son's Journey Home
Publicado en los Estados Unidos de América por Zapote Street Books, LLC, Tampa, Florida

Traducido por Betty Viamontes (con la asistencia de Madeline Viamontes)

ISBN: 978-1-724086655 (edición en español)
ISBN: 978-1723867668 (edición en inglés)

Impreso en los Estados Unidos de América

Les dedico este libro a—

Mi madre, mi faro de luz, incluso después de su muerte.

Mi amado esposo, por apoyar mi trabajo comunitario y mi carrera como escritora, por ser el amor de mi vida y mi mejor amigo.

Mis leales lectores y a los miembros de los clubs de libros, por leer mis libros (Esperando en la calle Zapote, La danza de la rosa, y Los Secretos de Candela y otros cuentos de La Habana), por hablarles a otros sobre ellos, tomar el tiempo para escribir sus comentarios en Amazon y Goodreads y por animarme a seguir escribiendo.

Y un agradecimiento especial para nuestro querido Alfredo Portomeñe, quien falleció unos días antes de la publicación de este libro, alguien que siempre estaba ansioso de leer el próximo. Un padre, hermano, hijo y primo ejemplar que demostraba el significado de la palabra amor. Deseando que su alma pueda regresar a su añorada Habana.

CAPÍTULO 1

 $\mathbf{E}$ N LAS ÚLTIMAS SEMANAS, Rodolfo Fernández, un joven de diecisiete años, ha estado inundado de miedos (miedo a volar, a una nueva ciudad, a un nuevo idioma, a una nueva cultura); pero en este día, su miedo a la muerte ocupa un lugar central. Se encuentra en la segunda etapa de su vuelo proveniente de Madrid, donde vivió con sus tíos durante más de un año, y cuando el Boeing 727 comienza su descenso hacia el Aeropuerto Internacional de Miami, su lectura de *Cien años de soledad* es interrumpida por la turbulencia.

Un escalofrío recorre su cuerpo, al recordar un avión del mismo modelo que volaba de Frankfurt a London, y se estrelló durante el aterrizaje. Sus manos se humedecen y siente una sensación desagradable y una presión en el pecho. Hacía poco, Rodolfo y sus parientes de Madrid habían visto las secuelas del accidente durante el noticiero nocturno, y, por muchas noches, al pensar en su viaje, él tuvo dificultades para reconciliar el sueño.

CAPÍTULO 1

Sus ojos marrones buscan alguna señal de pasajeros alarmados, y al no encontrarla, respira profundo y devuelve el libro a su bolsa de cuero. Se frota la cara con sus manos, mientras que los continuos baches aéreos le aceleran el pulso. Sentado en el asiento del medio de la fila veinticuatro, rodeado de extraños y pensando que podría morir en ese vuelo, Rodolfo se pregunta por qué a algunas personas no les molesta volar para ganarse la vida. Su tío de Madrid es uno de ellos, siempre viajando a varias ciudades de Europa, vendiendo productos farmacéuticos. Rodolfo no querría un trabajo en el que tuviera que estar atrapado dentro de un artefacto de metal, a miles de metros sobre la tierra, varias horas a la semana. Poner su vida y el corto tiempo en este mundo en manos de cualquiera que esté sentado en la cabina le parece absurdo. Cierra los ojos y se agarra de los apoyabrazos, como si al hacerlo pudiera protegerse de las ideas que rondan en su cabeza. Momentos después, siente un leve toque en su mano izquierda y abre los ojos.

—¿Te gustaría un caramelo de menta? —le pregunta la pasajera que está junto a él.

—No, gracias —responde.

Ella sonríe con sus labios recientemente coloreados de rosado.

—No tienes que preocuparte —le dice ella—. Esta turbulencia es normal.

Pero nada de lo que ella le pueda decir lo tranquiliza al imaginarse los restos del avión y las pertenencias de los pasajeros esparcidos cerca de la escena del accidente, por lo que se concentra en su respiración. Inhala... exhala... Inhala... Exhala.

La pasajera le recuerda a su madre, más o menos de la misma edad, habladora y maternal

2

CAPÍTULO 1

como ella, sobre todo después de haberse enterado al principio del vuelo que él volaba solo. A partir de ese momento, cada vez que pasaba el carrito ella le avisaba para asegurarse de que no se perdiera ninguna comida o bebida, tal como lo hubiese hecho su madre. Su mente se desplaza a la última vez que la vio en La Habana, hace más de un año.

***

—¡Apúrate, por favor!—le pidió su madre con una voz apresurada, girando la cabeza en su dirección. Él le dirigió una mirada vacía, antipática, y continuó caminando con pasos involuntarios, como si no se hubiera dado cuenta de su lucha interna; su determinación y renuencia a dejarlo ir, luchando una guerra interminable dentro de su mente.

—Rodolfo, no me colmes la paciencia —le recalcó su madre con una voz severa, sacudiéndole el brazo. —Se nos está acabando el tiempo.

Ella, Ana Romero, comenzó a correr con pasos cortos, halando el brazo de su hijo, con sus ojos castaños ahora enfocados en la distancia.

Días después, en cartas o en conversaciones telefónicas, ella le diría a su hijo que con todas las veces que había imaginado este día, fue mucho peor. Su pecho se sentía apretado y sus músculos tensados, pero se dio cuenta que aquel no era el momento para cuestionarse a sí misma. Esto es lo que debo hacer, se decía una y otra vez.

El vestido rojo de Ana, elegante, ajustado y sin mangas, acentuaba sus curvas. Desde que Rodolfo tenía uso de razón, recuerda ver a su madre siempre vestida de manera impresionante, incluso después del triunfo de la revolución, pero especialmente en el día de su viaje. Sus zapatos negros, de

3

tacón, resonaban en el piso de granito del Aeropuerto Rancho Boyeros, y el sutil aroma de su perfume floral flotaba en el aire mientras caminaba. Colgando de las correas que bajaban de sus hombros, un bolso de cuero negro que combinaba con el color de su largo cabello rebotaba hacia arriba y hacia abajo, mientras la maleta azul le colgaba como un péndulo.

Rodolfo aparentaba ser más joven de lo que era en realidad, con el cabello castaño que su madre le había peinado hacia un lado antes que saliera de la casa (a pesar de sus protestas), y su rostro terso con las primeras señales de un bigote. Mirándola de reojo mientras la seguía, la palabra 'invisible' apareció en su cabeza, pues así es como su madre lo hacía sentirse. Si ella le hubiera pedido su opinión sobre este viaje, le habría dicho que su vida estaba en Cuba, con su novia Susana, quien era un mes más joven que él. Le hubiese explicado que prefería quedarse en el lugar que consideraba su hogar, con su familia y sus amigos. No deseaba nada más. Años después, miraría atrás a este día de una manera muy diferente, no a través de los lentes de aquel adolescente.

La noche anterior, cuando él y Susana caminaban por el Parque Santos Suárez tomados de la mano, él no le dijo que se iba. Su madre le ordenó que mantuviera su inminente partida en secreto, para evitar atraer la atención de los chismosos y los simpatizantes del gobierno, de lo contrario, pondría a riesgo a la familia.

Esa noche, cuando él le dio un beso de despedida a su novia y la abrazó con fuerza, pensó que aquella sería la última vez. Ella llevaba un sencillo vestido blanco, sin mangas, y al colocar sus brazos

CAPÍTULO 1

delgados alrededor de él, su cabello negro, largo y ondulado, bailaba en la brisa tropical. Fue su primer amor, pero en su afecto por ella, la piedad encontró un hogar. El padre de Susana había sido fusilado por el gobierno de Castro cuando ella tenía ocho años, y ahora, estaba a punto de romperle nuevamente el corazón.

Rodolfo atravesaba el aeropuerto corriendo. Llevaba su camisa blanca, de mangas largas, enrolladas hasta los codos, revelando sus brazos delgados. En la parte superior de su mano derecha tenía una quemadura reciente, de alrededor de dos pulgadas de diámetro, del día en que explotó la olla de presión de su madre, regando agua por la diminuta cocina. Los pantalones de color azul oscuro que su tía le había enviado de España se le veían grandes, pero un cinturón los mantenía en su lugar.

—¿Por qué tenemos que seguir corriendo, mamá? —preguntó Rodolfo, arrastrando sus pies—. ¡Ve más despacio!—

Mortificada, Ana se detuvo por un momento, giró su rostro hacia él y le hizo señas con su dedo índice para que se le acercara. Él obedeció, estrechando el espacio entre ellos.

—¡No quiero que pierdas el vuelo! —le dijo ella, mirándolo con intensidad y enojo—. Apúrate, que tenemos que comprar el boleto.

Antes de que lo halara de nuevo por su brazo, ella le dirigió una mirada que él conocía demasiado bien: desafiante e indulgente a la vez, una mirada que nunca dejaba de llamar su atención y que, en este caso, lo hizo darse cuenta que probarle la paciencia a su madre sería en vano, y que sólo lograría provocar unos pellizcos, que dolían más que una zurra.

5

Madre e hijo comenzaron a correr nuevamente, mientras gotas de sudor se formaban en la frente de ella. Más allá de la multitud, la vista del mostrador parecía relajar la ansiedad que contorsionaba la expresión de Ana. Al llegar al mostrador, ella dejó caer su equipaje en el suelo y soltó la mano de su hijo para buscar algo dentro de su bolso. Frenéticamente, sacó unos billetes.

—Boleto de ida a Madrid, por favor —dijo Ana, sin mirar al regordete y calvo empleado.

—Lo siento, camarada. El último vuelo a Madrid está lleno. Se va en menos de una hora.

—¡Pero, usted no entiende! —dijo ella, levantando su voz—. Mi hijo necesita irse en este vuelo. Él no puede quedarse aquí.

Ajustando sus lentes, él respondió con una mirada en blanco.

—Por favor, señor —dijo Ana, en un tono más amable y tranquilo, colocando su mano sobre la del vendedor de boletos—. Mañana mi hijo cumplirá dieciséis años. ¡Necesita irse hoy!

—No puedo ayudarla, camarada —dijo el empleado, recuperando su mano—. Además, deja de preocuparte tanto. El servicio militar será bueno para tu hijo.

El empleado le sonrió de una forma burlona, y ella lo miró con ojos fulminantes. —¡Déjeme a mí escoger lo que es bueno para mi hijo! —dijo Ana. Pero el empleado la despidió con un gesto de la mano y se alejó.

Ana y Rodolfo intercambiaron miradas.

—Vámonos a casa, mamá, por favor —dijo Rodolfo.

—No puedes quedarte aquí. ¡Tengo que sacarte de este país! —le recalcó ella. Luego dio la vuelta, y con la espalda contra el mostrador, elevó su mirada y se enfocó en la distancia, donde las familias se reunían para despedirse de sus seres queridos. De repente, sus ojos se iluminaron, haciendo que Rodolfo recordara una conversación que había tenido con su padre.

—Nunca había visto ojos tan oscuros, con tanta luz dentro de ellos —le dijo su padre sobre la primera vez que vio a Ana—. Era como si cuando ella te miraba, los cielos se abrieran y todo pareciera posible.

Pero Rodolfo no tuvo mucho tiempo para pensar en el pasado. Su madre lo agarró de la mano otra vez y lo atrajo hacia sí, como si tirara de un papalote. Su madre parecía una desquiciada; así era como la abuela de Rodolfo la llamaba cuando actuaba como si se le hubiesen caído algunas bisagras. Rogelio, el padre de Rodolfo, no estaba de acuerdo con la etiqueta que la madre de Ana le había puesto, como si ella fuera una lata de carne rusa. Pensaba que a menudo Ana era malinterpretaba por la misma razón por la que nunca lo debió haber sido, porque actuaba con el corazón en sus manos. Esto la hacía apasionada e impredecible, y sobre todo capaz de traer la luna del cielo si creía que esto podría ayudar a su familia.

—Vamos —dijo Ana—. ¡Tengo una idea!

Entonces frunció el ceño y comenzó a correr nuevamente.

—¿En serio? —le preguntó Rodolfo, mortificado—. ¿Y por qué tengo que irme? ¿Qué hay de malo con el servicio militar?

—No tengo tiempo para preguntas —dijo ella severamente y se apresuró hacia una de las familias.

CAPÍTULO 1

—Disculpen —dijo Ana.

La joven pareja y sus familiares se volvieron y la miraron inquisitivamente, como tratando de descifrar si la conocían.

—Perdonen la molestia, pero necesito su ayuda —dijo Ana, mirando a la joven pareja—. Por casualidad ¿están volando a Madrid?

La muchacha joven asintió, y al hacerlo, Ana dejó caer su equipaje junto a su hijo y se acercó a ella, hablando a un ritmo acelerado.

—¿Pudiera cederle su asiento a mi hijo, por favor? Él cumple dieciséis años mañana, por lo que debe irse de Cuba hoy. Tengo parientes en los Estados Unidos y en Madrid. Mi hijo tiene que quedarse en España por un tiempo antes que pueda viajar a los Estados Unidos. Se lo ruego. Ayude a mi hijo.

La joven intercambió miradas con su esposo. Entonces elevó la frente y se encogió de hombros. De alguna manera, su marido interpretó su silencio.

—Lo siento —dijo él, rotando su mirada hacia Ana—. No podemos ayudarla. Somos recién-casados.

Ana los miró con desilusión y les dio las gracias. Momentos después, levantó la cabeza, examinó a las familias que estaban cerca de ella y se dirigió hacia otra, pero la respuesta fue la misma. Como si notaran su desesperación, ojos curiosos entre la multitud se voltearon hacia Ana.

—La gente nos está mirando, mamá —protestó Rodolfo—. Deja de actuar como una loca. ¡Esto da pena!

De repente, Ana se detuvo, encogió las cejas y le devolvió la mirada.

CAPÍTULO 1

—No me desesperes más, que ya bastantes problemas tengo —dijo la madre en voz baja.

Él la miró en silencio, con los labios apretados, pero cuando la intensidad de su mirada lo hizo evadir sus ojos, él sabía que nada de lo que pudiera hacer la disuadiría de sus planes. Una vez más, ella dio la vuelta y comenzó a caminar con pasos firmes y determinados, con la asertividad y convicción de una leona, sin dejarle otra opción que seguirla. Se acercó a varias familias al azar, sólo para escuchar la misma respuesta. Nadie podría ayudarla.

El tiempo se le estaba esfumando.

Cerca de la entrada del área segura de preembarque, Ana notó a una joven pareja con tres niños pequeños y corrió hacia ellos. El marido le dio un beso de despedida a su esposa y abrazó a sus hijas, ambas aparentemente menores de cinco años. Entonces su atención se volvió hacia el bebé, llevado en los brazos de su madre, y lo besó en la frente.

—Señor, ¿está usted viajando solo? —le preguntó Ana. Él y su esposa volvieron sus rostros hacia ella.

—Sí —dijo él, mientras sus cejas se fruncían.

—Señor —dijo Ana, con una expresión preocupada, apoyando su mano en el hombro de su hijo—. Mi hijo cumplirá dieciséis años mañana. Si no se va en este vuelo, ya no podrá irse. Usted es padre. Por favor, ayude a mi hijo.

Él miró primero a su esposa, luego a sus niños, y finalmente al hijo de Ana, quien desvió los ojos con resignación.

—Por favor, señor —dijo Ana, frunciendo el ceño para señalar su preocupación—. Ayúdeme a salvar a mi niño.

9

CAPÍTULO 1

Después de un momento de vacilación, él volvió a mirar los ojos de su esposa. Ella asintió. Él se volvió hacia la mujer e inclinó la cabeza en aprobación. Los ojos de Ana se iluminaron y una amplia sonrisa transformó su expresión.

—¡Gracias! —dijo, abrazándolo a él y a su esposa.

Después que Ana le reembolsara el costo del boleto, se fue con su hijo. Sólo había dado unos pasos cuando de repente se detuvo y giró su rostro hacia el hombre que le había dado su asiento. —Por cierto, mi nombre es Ana —dijo con una sonrisa—. Nunca lo olvidaré.

Este evento tendría repercusiones que ni Ana, ni su hijo, ni el amable desconocido podían anticipar. Era la bifurcación en un camino que cambiaría sus vidas para siempre. Era el 2 de octubre del 1968, más de nueve años después del triunfo de la revolución de Fidel Castro. Cientos de personas vinculadas al gobierno anterior habían sido encarceladas, y otros menos afortunados tuvieron que enfrentar los escuadrones de fusilamiento y poner sus espaldas contra el infame paredón, donde sus cerebros fueron esparcidos sobre la pared blanca que tenían detrás. Los cuerpos, enterrados en fosas comunes, nunca más fueron vistos por sus familias. Miles de personas habían abandonado la isla, incluyendo muchos de los familiares de Rodolfo que se habían ido entre el 1959 y el 1960, pero entonces su madre no tenía el dinero para que toda la familia viajara.

Preocupados por los rumores de que el gobierno cubano separaría a los niños de sus padres para enviarlos a campos de trabajo en la Unión Soviética, entre los años 1960 y 1962, muchos padres

CAPÍTULO 1

enviaron a sus hijos a los Estados Unidos solos, bajo un programa llamado Operación Peter Pan, creado por el padre Bryan O. Walsh, de la Oficina de Bienestar Católico. Más de catorce mil niños abandonaron la isla sin sus padres durante ese período. Pero Ana, al darse cuenta de que su esposo nunca permitiría que sus dos hijos pequeños viajaran solos, decidió esperar hasta que fueran mayores. Habían pasado seis años desde la conclusión de la Operación Pedro Pan, y después de muchas discusiones con su esposo y numerosas noches de insomnio, ella lo había convencido de que su hijo era lo suficientemente mayor para viajar solo; una decisión que los había llevado a este momento y lugar, a la división en el camino que uniría la vida de su hijo y la del extraño cuyo nombre era Rio, de una manera inimaginable.

Más tarde, cuando madre e hijo se acercaron a la entrada del área de seguridad, Ana colocó su brazo alrededor de los hombros de Rodolfo.

—Rodolfo. ¡Mírame, hijo! Tenemos poco tiempo, y necesito que recuerdes algunas cosas.

Ella le entregó su maleta y lo agarró por los brazos, mientras él la miraba con los ojos fijos.

—Presta mucha atención a lo que te voy a decir —dijo ella—. Come todo lo que les den en el avión y toma mucho líquido. Cuando llegues a Madrid, tu tía te recogerá en el aeropuerto. Por favor, escúchala. Vivirás con ella durante unos meses, y luego, cuando todos los documentos de inmigración estén listos, viajarás a los Estados Unidos para estar con tu tío.

—Bien, mamá —respondió Rodolfo, poniendo los ojos en blanco—. Entendido.

CAPÍTULO 1

—No te preocupes por nada —dijo ella—. Nos veremos pronto.

Él asintió con la cabeza, preguntándose por un momento si estaba enojado con su madre por obligarlo a irse, o por la situación que la llevó a su decisión.

Ella le dio un beso en la mejilla. —Mírate —dijo con orgullo en sus ojos—. Eres prácticamente un hombre. Un día, entenderás que esto no fue fácil para tu padre y para mí. Estamos haciendo esto por ti, por tu futuro.

—Dijiste eso antes, mamá —dijo, mirando hacia arriba. En el fondo, Rodolfo no quería actuar de esta manera, pero no pudo evitarlo.

—¿Sabes? Yo también fui adolescente. Pensaba que lo sabía todo, pero luego me di cuenta que no era así. Dame un abrazo, mi ramita.

Se abrazaron, él, aceptando que había llegado el momento de decir adiós, y ella, dejándolo ir. Mientras lo abrazaba, ella recordó el día en que lo vio nacer, el resplandor en su rostro cuando la enfermera colocó su pequeño cuerpo en sus brazos; sus primeros pasos, el miedo cuando una noche de octubre la fiebre le llegó a más de cuarenta grados Celsius y él lloraba inconsolablemente con la cara cubierta de varicela, su orgullo cuando llegaba a casa con buenas calificaciones, su alegría cuando la familia iba a la playa de Santa María y él y su padre jugaban en la arena hasta que el sol se ponía. Eran los recuerdos que ella quería esculpir en su mente para siempre.

—Hasta pronto, mi hombrecito —le dijo—. Y recuerda esto, te quiero mucho. Vete ahora, antes de que pierdas tu vuelo.

CAPÍTULO 1

Él dio la vuelta y caminó lentamente hacia la puerta de cristal, entrando al área de seguridad sin mirar atrás.

CAPÍTULO 2

Desde el momento en que Rodolfo levantó el auricular y saludó a su madre, todo lo que pudo escuchar fue su llanto inconsolable. Sin saber qué hacer, se sentó en un sofá de tela floreada, esperando que su madre recuperara la compostura. Era la primera vez que hablaba con ella desde su llegada a Madrid.

—¡Te extraño mucho! —dijo ella finalmente.

—Yo también te extraño, mami—respondió preocupado—. ¿Cómo están todos por allá?

Rodolfo se comportaba de manera diferente al chico que había salido de Cuba dos semanas antes, como si la distancia, de repente, hubiese borrado su inmadurez. Su madre le habló durante un largo tiempo, con un rápido despliegue de palabras, como si estuviera disparándolas con un rifle de alta potencia. Él escuchaba atentamente, reconstruyendo mentalmente el hilo de su historia.

Después que el avión donde viajaba Rodolfo despegara del aeropuerto de Rancho Boyeros, Ana no sintió deseos de regresar a casa. No quería ir a un lugar vacío, ni encontrarse con vecinos curiosos que pudieran haberla visto salir con Rodolfo esa mañana. Necesitaba tiempo para comunicarle la noticia de su partida a la familia, pero se dio cuenta que el secreto no se podría cubrir por mucho tiempo, y menos en el barrio de Santos Suárez. Era como si a los rumores les crecieran piernas gigantescas y corrieran por cada cuadra, con altavoces, anunciando cada detalle íntimo sobre las vidas de todos. No pasaría mucho tiempo antes de que alguien en el vecindario uniera las piezas.

La hermana de Rodolfo, Amanda, de doce años, no regresaría de la escuela por otras tres horas, y Sergio llegaría de la fábrica de muebles donde trabajaba mucho más tarde. Amanda no sospechaba nada. Ana no quería molestarla con la anticipación de la partida de su hermano y creía que decírselo después que Rodolfo se marchara sería menos doloroso. Ana temía mucho más la reacción de su madre, y mientras se acercaba al edificio de tres plantas en la calle Zapote, donde su madre Claudia y su hermana compartían un apartamento, el nerviosismo de Ana se acrecentaba.

Claudia no siempre había vivido con su hermana. Después que su esposo murió de un infarto masivo, cinco años antes, Claudia decidió dejarle su casa a Ana, y mudarse con su hermana. La Ley de la Reforma Urbana que Castro implementó en el año 1960, conllevó a la escasez de viviendas, lo que hizo imposible que la joven pareja cambiara el pequeño apartamento donde vivían por una casa.

—¡Mamá! ¡Tía Alicia! —gritó Ana después de permitirse entrar con su propia llave—. Estoy en casa.

El apartamento, pequeño y acogedor, tenía una sala con apenas espacio suficiente para acomodar el sofá y dos sillones. Anexo a la sala había un pequeño comedor con una mesita cuadrada de madera y cuatro sillas. Las paredes habían sido pintadas de verde en el 1956, cuando aún había pintura disponible en las tiendas, pero el color, como Cuba, se había deteriorado. Todo estaba limpio y ordenado, y el apartamento olía a café recién colado. Una foto de gran tamaño con la figura de Fidel Castro, que enfurecía a Ana cada vez que la veía, colgaba de la pared del comedor. Claudia le había pedido a su hermana que la quitara, pero Alicia, a diferencia de su hermana, creía en la revolución.

Ana buscó a las hermanas en la cocina y, al no encontrarlas, siguió hasta el dormitorio que compartían. La habitación olía a Agua de Violetas, una colonia que su madre usaba cada vez que se duchaba. Sin embargo, ni rastro de las hermanas. Ana se preguntó si habían ido al Parque Santos Suárez a dar un paseo, como solían hacer a menudo, pero cuando regresó a la sala, notó las delgadas puertas de madera, que daban al balcón, ligeramente abiertas.

—¡Mamá, tía Alicia! ¿Están aquí? —preguntó. Abrió las puertas y el chirrido de las bisagras le erizó la piel. Fue entonces cuando las encontró, sentadas cómodamente en sus sillones y viendo a la gente pasar. Estaban vestidas con batas de casa, la de su madre de color rosado y la de Alicia azul. Apenas parecían hermanas. Alicia tenía el cabello blanco, la piel bronceada y era mucho más gruesa, aunque su piel tenía menos arrugas que la de su hermana. Claudia era demasiado delgada. Tenía la piel clara y el pelo largo y blanco recogido en un rabo de mula. El sonido de la voz de Ana hizo que ellas voltearan la cabeza en su dirección.

—Ana, qué sorpresa —dijo la madre, levantándose del sillón.

—¡Las estuve llamando pero nadie me respondía! —protestó Ana, arqueando las cejas.

—Sabes que estamos medio sordas, cariño —dijo Claudia, alcanzando la mano de su hija y colocándola entre las suyas.

—Ana, ¿está todo bien? —preguntó su tía, ajustándose las gafas—. Pensé que hoy estarías en el trabajo.

Ana suspiró.

—No fui —respondió. Con una mirada pensativa reflejada en sus ojos, Ana las abrazó y las besó en sus mejillas—. Tenía algo que resolver.

Claudia miró al rostro de su hija con una expresión inquisitiva.

—¿Están bien los niños?

—Sí mamá, pero tenemos que hablar —dijo Ana, manteniendo la voz baja y mirando hacia las calles, donde pasaba un anciano cargando una barra de pan en una bolsa de cartucho—. Mejor entramos.

Su madre la miró con perplejidad.

—No sé qué será tan importante que no me puedas decir aquí, pero claro —dijo, y tomó dos tazas de café vacías que descansaban en el cristal de una mesita redonda.

—Tú también, tía Alicia —dijo Ana, cuando notó que ella no las estaba siguiendo.

Las tres mujeres entraron al apartamento, y Ana, la última en entrar, cerró la puerta detrás de ella.

—Comiencen a hablar sin mí —dijo su tía—. Ana, iré a la cocina a traerte una tacita de café. No tardaré mucho.

CAPÍTULO 2

—No te preocupes por el café, tía —dijo Ana, sintiendo una presión en el estómago—. No tengo deseos.

Alicia hizo un gesto negativo con la cabeza y se cruzó de brazos.

—Ahora sé que algo está mal —dijo—. Nunca rechazas el café.

Ana les pidió que se sentaran en el sofá, mientras ella traía una silla del comedor y se sentaba frente a ellas.

—Estás comenzando a asustarme, Ana —dijo su madre—. ¿Te lastimó tu marido? Será mejor que me lo digas.

Claudia hizo una pausa y comenzó a hablar con sus manos mientras seguía despotricando—. Tu padre podrá estar muerto, pero yo estoy aquí para defenderte. Iré allí y lo pondré en su lugar. Nadie lastima a mi hija.

—¿Por qué siempre me estás diciendo eso mamá? ¡Sergio me adora! —respondió Ana.

Claudia le hizo un gesto de desdén a su hija y puso los ojos en blanco.

—Eso es lo que tú me sigues diciendo, pero yo no lo creo. Tu padre y yo te lo advertimos. Deberías haberte casado con alguien de tu calibre. ¿Recuerdas cuántas veces lo repetimos? Pero te negaste a escucharnos. Tan cabezona como tu padre, que en paz descanse—. Claudia hizo la señal de la cruz con la mano.

—Claudia, deja que tu hija hable, por favor —dijo Alicia, tocando la mano de su hermana—. Sergio la quiere a ella y a los niños. Estoy segura de eso.

—Siempre estás contrariándome —dijo Claudia con desaprobación—. Soy tu hermana mayor, y

18

tengo más experiencia que tú. Recuerda la frase: más sabe el diablo por viejo que por diablo.

Alicia sonrió.

—¿Qué me estás diciendo, que eres el diablo?

Claudia se cruzó de brazos y se recostó al respaldar del sofá.

—¡Siempre estás malinterpretando todo lo que digo! —dijo enojada.

Ana respiró profundamente.

—Mamá, tía Alicia —dijo Ana—. Necesito que me escuchen y que dejen de discutir. Esto es muy importante.

—Me estás poniendo nerviosa —dijo Alicia—. Acaba de decirlo de una vez y por todas. ¿Por qué tanto misterio?

Ana presionó sus labios antes de volver a hablar.

—Saben cuánto quiero a mis hijos. Haría cualquier cosa por ellos.

—Por supuesto que sí —dijo Claudia—. Eres mi hija, y te enseñé bien.

Alicia puso los ojos en blanco e hizo un gesto de negación con la cabeza.

—¡Ana, por favor! —dijo Alicia—. Deja de dar tantas vueltas. ¿Qué pasó?

Ana tragó en seco y dijo:

—Bueno, saben que mañana Rodolfo cumple sus dieciséis años.

—¿Cómo puedo olvidarlo? —preguntó su madre—. Pensé que tendrías algo planeado para este fin de semana. Un cake de La Gran Vía y un poco de ponche, ¿verdad?

—No habrá una fiesta de cumpleaños, mamá.

CAPÍTULO 2

—¿No te alcanza el dinero? —preguntó Claudia—. Sé que tu marido no gana mucho, pero puedo ayudarte.

—Ese no es el problema —dijo Ana—. Mamá, tía Alicia... Si mi hijo se hubiese quedado aquí hasta que cumpliera dieciséis años, no lo hubieran dejado irse. Y si se hubiera hecho médico o ingeniero en Cuba, Castro podría haberlo enviado al extranjero, quién sabe dónde. No quería eso para él. No tuve otra opción.

—¿Qué hiciste? —preguntó su tía, colocando su mano sobre su pecho—. ¿Dónde está?

—Rodolfo está en un avión con destino a Madrid —dijo Ana evadiendo sus ojos—. De allí, viajará a los Estados Unidos.

Ambas hermanas se levantaron del sofá casi a la misma vez. A medida que el shock se desvanecía, la realidad tomaba forma, y los ojos de Claudia se llenaron de emoción.

—¿Qué hiciste? —gritó Claudia—. ¡Cómo te atreves! ¿Y sin decirme nada? ¿Por qué no me permitiste despedirme de mi único nieto? ¿Qué tipo de hija le hace eso a su madre? ¿Te das cuenta de lo que has hecho?

Claudia cruzó sus brazos sobre su cabeza y caminó lentamente por la habitación. Luego, respirando hondo, le lanzó a su hija una mirada muy triste.

—¡Dios mío! —dijo Claudia con su voz quebrada—. Mi pobre nieto, solo por el mundo. ¿Qué has hecho?

—Lo siento, Ana, pero tu madre tiene razón, —dijo su tía—. Deberías haber hablado con ella. No habérselo dicho es imperdonable.

20

CAPÍTULO 2

Ana dio un par de pasos hacia su madre e intentó abrazarla, pero Claudia retrocedió, bajó los brazos y giró las palmas de sus manos hacia su hija, mientras que giraba la cabeza de un lado al otro.

—¡No me toques! —dijo Claudia severamente—. No te acerques a mí, Ana. Hoy me has matado. Por favor, vete.

—Pero mamá... sabía que reaccionarías así. Por eso no quise decírtelo. Por favor, perdóneme.

—Me voy a mi cuarto —dijo Claudia, mientras su hermana todavía parecía estar procesando lo que había escuchado—. Necesito una pastilla para los nervios. Esto es demasiado para mi corazón.

Claudia dio la vuelta y se alejó, y Ana se despidió de su tía y regresó a casa.

Rodolfo había estado escuchando atentamente la historia de su madre, imaginando cuán molesta debía haber estado su abuela.

—He hablado demasiado, hijo —dijo Ana—. Esto va a costar una fortuna—. Te escribiré. Por favor, no olvides de escribirme.

—No te preocupes mamá —respondió—. No lo olvidaré.

CAPÍTULO 3

Un mes después de la llamada telefónica de Ana, cuando Rodolfo regresó de la escuela, su tía Cecilia le entregó un sobre. Dentro de este, encontró una carta de varias páginas, escrita a mano en un papel muy fino. Inmediatamente, reconoció el estilo de escritura de su madre, impecable, fácil de entender. Se excomulgó y fue a su habitación a leerla, esperando que ella le dijera algo acerca de su novia.

Ana comenzó su carta donde había concluido su primera llamada a Rodolfo. Mientras el joven leía, su habilidad de visualizar las cosas en su cabeza lo ayudó a llenar los espacios en blanco.

***

Luego de salir del apartamento de las hermanas, Ana regresó a su casa, deseando un poco de paz y tranquilidad, pero se dio cuenta que la discusión con la abuela de Rodolfo era sólo el principio. Lavó a mano algunas prendas, una tarea que encontraba fastidiosa, y las colgó en una línea de ropa sobre el techo plano de su casa. Intentando mantenerse ocupada, fue a la habitación de Rodolfo y comenzó a organizar su armario. Sabía que tenía que vender lo que quedaba para conseguir dinero, pero no se creía capaz de hacerlo, pues eso sería como borrar a su hijo de la existencia. Jugó con un viejo camioncito de madera que Rodolfo había conservado desde que era niño, un regalo de su padre. Dentro de una de las gavetas, también encontró una foto en blanco y negro de cuando Rodolfo tenía dos años, al lado de una versión más joven de sus padres. Ella acarició la carita del niño y unas lágrimas se deslizaron por su rostro, mientras los recuerdos de ese día se precipitaban. La imagen había sido tomada en el zoológico, el lugar favorito de Rodolfo, en 1954, antes del triunfo de la revolución. Fue tomada por el abuelo materno de Rodolfo en un día feliz, cuando lo último que se imaginaba Ana es que, en catorce años, ninguno de los dos estaría a su lado, pero daría la vida para hacer a su hijo feliz. Después de un momento de contemplación, Ana retornó la fotografía a la gaveta y se fue a la cocina para terminar la cena.

Más tarde, cuando su esposo llegó empapado en sudor, Ana estaba lavando unos platos en la cocina. Cuando él la besó, ella notó una mirada de preocupación que le contorsionaba la expresión, pero en lugar de mostrarle preocupación, prefirió sonreírle y darle un largo abrazo.

—¿Dónde está Rodolfo? —preguntó Sergio.

—Se fue —dijo ella.

—¿Cómo? ¿Adónde?

A Ana le molestó su pregunta, ya que él sabía la respuesta.

—A Madrid, ¿adónde crees que fue? —dijo ella con una expresión de severidad.

Él no respondió.

CAPÍTULO 3

—Por fin, tendrá la vida que yo quería para él —siguió ella, mirando hacia arriba con ojos esperanzados, como si imaginara las posibilidades que se le abrían a su hijo.

Sergio sacudió la cabeza con una expresión de decepción.

—No entiendo cómo puedes estar tan feliz. ¿Qué pasa si... nunca lo volvemos a ver? —preguntó él.

Ana se frotó la frente con los dedos.

—¡Sergio, por favor! No pienses de esa manera. Sabes perfectamente que mi hermano se está ocupando de los papeles y el dinero. Es solo cuestión de tiempo.

Sergio respiró profundamente, y sus ojos se enfocaron en una libreta que su hijo había dejado en el mostrador de la cocina.

—No puedo creer que se haya ido —dijo agarrando el cuaderno y pasando las páginas—. Si hubiera sabido que ibas a poder comprar un boleto... no hubiese ido a trabajar.

Sergio leyó un par de líneas de la tarea de composición de la clase de español de su hijo.

—¡Debería haber estado allí! —dijo, tirando la libreta al suelo con ira—. Soy tan estúpido. No pensé que lo lograrías, con tanta gente saliendo de Cuba.

Ella recogió el cuaderno y le acarició la cara a su marido.

—Me subestimaste cariño; eso es todo —dijo ella—. Pero siempre encuentro una manera de resolver las cosas. Hablé con toda la gente que vi en el aeropuerto, hasta que alguien aceptó renunciar a su asiento. Por favor no te preocupes. Lo veremos de nuevo, pronto.

Ella habló con convicción en su voz.

—Espero que tengas razón —dijo Sergio desabotonando su camisa—. Sabes lo que creo de todo esto. Cuba es nuestro hogar. No creo que la situación sea tan mala como la pintas.

—No quiero discutir sobre esto, Sergio, —ella dijo poniéndose el pelo detrás de las orejas, sus ojos tratando de ocultar su frustración—. Cada día, el gobierno está haciendo más y más para quitarles los derechos a los padres. No dejaré que nadie se lleve a nuestros hijos. Hasta animan a los niños para que denuncien a sus padres a las autoridades, ¡por el amor de Dios! ¿Es esto lo que quieres?

Él no respondió.

—Mira, vete a la ducha, y te serviré tu comida —dijo ella—. Preparé frijoles negros y arroz. Los frijoles son exquisitos.

Sergio se quitó la camisa sudada, revelando su musculatura.

—¿Dónde está Amanda? —él preguntó.

—Al lado, en la casa de su amiguita.

—¿Ella lo sabe?

—No, quería que los dos se lo contáramos después de la comida —ella respondió.

Él le dirigió una mirada vacía y se alejó para evitar una discusión. Después de todo, ella siempre creía saber lo que era mejor para la familia, haciéndolo a veces sentir inepto, lo que le hacía preguntarse por qué una mujer joven e inteligente como ella, quien asistió a la universidad durante tres años, se casó con alguien que cursaba el octavo grado. Sergio era un hombre sencillo, un carpintero cuya idea de felicidad era restaurar muebles viejos seis días a la semana. Pero desde el día en que Ana entró a su tienda con el padre, en el 1951, luciendo

25

un vestido de óvalos blancos y negros, con un perfume floral desafiando el olor de la madera y las máquinas, y mostrando sus uñas recién pintadas, él supo que lo único que quería en este mundo era estar con ella para siempre. Era un día caluroso del mes de julio y él estaba cortando una plancha de madera, con sus brazos desnudos y musculosos brillando de sudor. Sonó la campana del viejo escritorio y cuando Sergio levantó la vista, notó que ella lo estaba mirando fijamente.

Luego de un breve cortejo, se casaron y tuvieron dos hijos, primero Rodolfo, y cuatro años después, Amanda. Pero Rodolfo era la vida del padre y hasta la niña, al crecer, notaba cuánto él favorecía a su hermano. Rodolfo era su orgullo y su alegría.

La revolución de Fidel Castro triunfó en el 1959, lo que conllevó a la apropiación, por parte del nuevo gobierno socialista, de la tienda de Sergio, con la mayoría de sus herramientas. Su esposa le había advertido sobre la imprevisibilidad del nuevo gobierno y su desaprobación de las empresas privadas. Estos negocios, en la opinión del nuevo gobierno, representaban el pasado. La revolución socialista era el futuro. A pesar de su renuencia a creerle a su esposa, con todo lo que le había inyectado en su cabeza su padre, quien era un devoto capitalista, antes de la nacionalización de todos los medios de producción, Sergio se había llevado a casa algunas de las herramientas y suministros, lo que le permitiría seguir haciendo trabajos privados para complementar los ingresos de la familia.

Cuando Rodolfo cumplió nueve años, Sergio comenzó a enseñarle cómo arreglar muebles, al igual que su padre lo había enseñado a él. El niño tenía un talento natural para trabajar la madera, y

CAPÍTULO 3

Sergio no podía estar más feliz. Sin embargo, ahora, se sentía un padre destrozado.

Esa noche, cuando Ana estaba terminando de preparar la mesa para la cena, llegó Amanda.

—¡Hola, papá! —dijo, y lo besó en la mejilla.

Sergio forzó una sonrisa y le dio unas palmaditas en la espalda.

—Hola, niña bonita —dijo Sergio.

—No me veo bonita, papá, con estas espinillas feas en mi cara —dijo Amanda, colocándose un mechón de su pelo negro detrás de su oreja.

—Pronto serás una adolescente —explicó Ana—. Es normal.

—Hoy, un niño en la escuela se rió de mí. No me gusta que la gente se ría de mí.

—No te preocupes por eso, Amanda —dijo su madre—. Son cosas pequeñas.

—No son pequeñas, mamá —dijo la niña—. Además, mi papá y tú me han enseñado a defenderme, y eso es lo que hice. Le dije que mi hermano mayor le iba entrar a golpes si seguía riéndose de mí.

Amanda hizo una pausa por un momento y miró a su alrededor—. ¿Y dónde está mi hermano?

Ana y Sergio intercambiaron miradas.

—No te preocupes por tu hermano —dijo Ana—. Vamos a sentarnos a comer. Se nos va a enfriar la comida.

Todos se sentaron y Ana, silenciosamente, comenzó a servir la cena. Amanda le dio las gracias a su madre cuando ésta le tendió un plato con una pequeña porción de arroz blanco y frijoles negros. Amanda era bonita como su madre, con un pelo largo y negro que se trenzaba todos los días antes de irse a la escuela. Hacía demasiado calor afuera para dejar su cabello suelto, incluso en el mes de octubre. La niña llevaba un par de pantalones cortos, blancos, y una blusa rosada que su madre le había mandado a hacer. Amanda era muy femenina, y rechazaba la insistencia de su padre en enseñarle a trabajar con madera. Ella prefería bailar y leer.

Después que Amanda se tragó la primera cucharada, dijo: —No es justo, papá. ¿Por qué mi hermano puede quedarse en la calle y yo no? ¿Porque es varón?

Sergio miró hacia abajo y continuó comiendo lentamente.

—Termina tu comida y deja de preocuparte por lo que es justo —dijo Ana.

Se quedaron en silencio por un momento, mientras que Ana y Sergio intercambiaban miradas y comían.

—¿Amanda, y aprendiste mucho en la escuela hoy?—Ana le preguntó, cuando ya había devorado la mitad de su comida.

—Lo mismo de siempre —dijo Amanda—. Ciencia, Matemáticas, Historia... En la clase de Historia, nos hablaron sobre Lenin y Karl Marx.

Ana hizo un gesto de negación con la cabeza y miró a su marido con una mirada de 'ite lo dije!'. Él evitó su mirada y siguió comiendo en silencio. Cuando todos terminaron de comer, Amanda se levantó bruscamente de su silla.

—Siéntate, por favor. Tenemos que hablar — dijo su madre.

La niña la miró con curiosidad, pero obedeció.

—¿Qué hice ahora? ¿Hice algo mal? — preguntó Amanda.

CAPÍTULO 3

—No —respondió Ana—. Necesitamos hablar sobre tu hermano.

—Oh, entonces es él quien hizo algo malo. Bueno, no cuentes conmigo para decirte nada. Él es mi hermano.

—¿Decirnos qué? —Ana preguntó.

Amanda se encogió de hombros y se sentó.

—Lo que sea. Tú sabes mejor que yo.

Ana tomó la mano de su hija y la apretó suavemente.

—Amanda, estoy muy orgullosa de ti. Eres una buena hermana, y eso me hace feliz. Pero tu padre y yo tenemos algo importante que decirte.

Sergio respiró hondo y evadió la mirada de su esposa, mientras que Ana continuaba mirándolo fijamente.

—Sergio, ¿quieres decírselo? —Ana preguntó.

—¿Yo? No —dijo Sergio sacudiendo la cabeza—. Creo que deberías decírselo tú.

—¿Decirme qué? Ustedes dos están actuando muy raro esta noche.

Ana vaciló, insegura de cómo responder.

—Tu hermano... —dijo Ana y se detuvo por un momento—. Se fue esta mañana.

Amanda frunció el ceño.

—¿Qué quieres decir? —preguntó Amanda—. ¿Adónde se fue?

—A Madrid —dijo Ana.

—¿España?

—Sí.

Amanda se levantó de su silla y miró a su madre con una expresión acusadora.

—¿Pero por qué? —dijo la niña frunciendo el ceño—. ¿Por qué dejaste que mi hermano se fuera solo? ¿Cuándo regresará?

29

Sergio esquivó su mirada. Con ojos suplicantes, Ana siguió buscando su apoyo, pero él permaneció en silencio.

—No volverá, cariño —dijo Ana—. Pero no te preocupes. Lo veremos pronto. Él estará en Madrid durante unos meses y luego viajará a los Estados Unidos. Entonces nos reuniremos con él. Pero, por favor, no se lo digas a nadie, ¿me oyes?

—¿Quieres decir que estamos haciendo lo mismo que las familias de muchos de mis amigos? ¿Pero por qué? ¿No dijo papá que la gente que se iba de Cuba era traidora a la revolución? No quiero ser una traidora. Cuba es mi hogar.

Ana miró a su marido y luego a su hija.

—Tu padre no lo decía en serio. Él no cree que las personas que se van son traidores.

—Pero mis maestros sí —dijo Amanda desafiantemente.

—Tus maestros están equivocados, cariño —dijo Ana.

Amanda miró a su madre con los ojos llenos de lágrimas y enfadada.

—¡Tú eres la que estás equivocada! Estás equivocada por haber permitido que mi hermano se fuera solo. ¡Te odio! —gritó Amanda corriendo a su habitación, mientras las lágrimas le caían por el rostro.

—Debería ir con ella —dijo Ana.

—Eso no va a cambiar nada —dijo Sergio—. Esto no es fácil, ni para ella, ni para mí.

—¡No sé por qué todos me siguen martirizando por haber tomado esta decisión! —gritó Ana agitando los brazos en el aire—. Esto tenía que hacerse para el futuro de nuestro hijo.

CAPÍTULO 3

—Espero que tengas razón, mi amor —dijo Sergio—. Espero que tengas razón.

***

Ahora que Rodolfo había terminado de leer la larga carta, se sentía peor que antes, incapaz de pensar en una forma de mejorar la situación actual. También se sorprendió de que su madre no hubiera dicho nada acerca de Susana y eso lo preocupaba, pensando en su reacción al saber que él se había ido. Decidió escribirle a su padre e incluir una carta a su novia dentro del mismo sobre. Pero, ¿qué le diría? De su mochila de la escuela, sacó un bloc de ocho por once y comenzó a escribir.

Hola papá, ¿cómo estás? ¿Muy ocupado? Estoy bien, extrañándolos a todos, pero me enseñaste a ser fuerte, como tú, así que no te preocupes por mí. Estoy trabajando duro para que mamá y tú estén orgullosos de mí. España es muy diferente a Cuba. La gente aquí come mucho. No estoy acostumbrado a comer tanto, pero mi tía se enoja cuando no termino toda la comida en mi plato. Así que prepárate. Cuando me vuelvas a ver, no seré el mismo niño flaco.

Sé que no te gusta escribir cartas. Te entiendo. Dile a mi hermana que se porte bien, ¿de acuerdo? Ya no me tiene allí para sacarla de sus líos. Oye, necesito un favor. ¿Puedes darle la carta que te envío a mi novia? Por favor, no la leas, y no se lo digas a mamá.

Un gran abrazo, mi viejo. Cuida a mamá y a mi hermana. Espero que dentro de poco lleguen sus visas. Nos vemos pronto.

Firmó la carta con —Tu hijo.

31

CAPÍTULO 3

Luego pensó en qué decirle a su novia. Después de un momento de reflexión silenciosa, comenzó a escribir. En su carta, le dijo que estaba en Madrid y que planeaba viajar a los Estados Unidos después de unos meses. No sabía cuánto tiempo estaría lejos y no prometió regresar, pero la echaba de menos.

Unos meses más tarde, Rodolfo recibió una carta de Susana.

Querido Rodolfo:

¿Cómo estás? Espero que hayas encontrado lo que estabas buscando cuando decidiste irte de Cuba. Te extraño. Debes saber que siempre tendré un lugar en mi corazón para ti, pero no podemos luchar contra nuestros destinos. No es justo que ninguno de nosotros le pida al otro que espere un milagro. Veo que la gente sale de Cuba y dice que volverá algún día. Eso es lo que tu madre me dijo, pero... todos sabemos que eso nunca sucederá. ¿Quién querría volver aquí?

Bueno, que tengas una gran vida, Rodolfo.

Susana nunca mencionó si había recibido sus cartas. Su madre probablemente las descubrió y no se las dio. Cualquier cosa era posible. Le dolió leer sus palabras, pero lo llevaron a concluir que los lazos que lo ataban a la vida que había dejado atrás se estaban desatando a un ritmo más acelerado de lo que había imaginado.

CAPÍTULO 4

Aliviado de que su avión no se hubiese caído del cielo, Rodolfo caminaba por el Aeropuerto Internacional de Miami con su abrigo de invierno debajo del brazo. Mucho más alto ahora que cuando salió de La Habana, atribuía su crecimiento acelerado a las patatas bravas, paella, y al jamón que su tía le había hecho comer cuando vivía en Madrid. Su estadía en esa ciudad había sido más placentera de lo que imaginó cuando se fue de Cuba, especialmente después que, a principios del otoño, conociera a una chica española, rubia, de ojos azules, quien era un año mayor que él. En aquel entonces, él y su familia de Madrid estaban pasando unos días en la Costa del Sol.

Luego de haber dejado a sus tíos en el hotel, Rodolfo se fue solo a la playa. El aroma del aire oceánico lo calmaba y lo hacía recordar a La Habana, aunque notó una diferencia clave entre las playas que había visitado en su ciudad natal y Costa del Sol. En esta última, las montañas majestuosas en la distancia abrazaban el mar. La Habana era casi plana, con la excepción de las pocas colinas que había visto cuando visitó las Escaleras de Jaruco, ubicadas en la parte este de la ciudad, aproximadamente a quince kilómetros al sur de la Playa de Guanabo. Sonriendo al ver las olas, Rodolfo corrió hacia el mar, pero después de un pequeño baño en el Mediterráneo, regresó a la arena temblando y frotándose los brazos. Fue entonces cuando notó los cuerpos parcialmente desnudos, muchos de ellos lo suficientemente mayores como para ser abuelos, y entre ellos, una hermosa joven.

Estaba sentada en la arena, vestida únicamente con un bikini de color rosado, con su pelo ondeado sobre los pechos y una corona de flores adornando su cabeza. Sonriendo juguetonamente en su dirección, ella deslizó los dedos por su pelo y lo invitó a acercársele, mientras que repetidamente enroscaba y enderezaba el dedo índice con su mano libre. Por un momento, Rodolfo miró detrás de él, pero cuando se dio cuenta que él era el tema de su interés, pensó que se había ganado la lotería española de Navidad. Mientras hablaban, a Rodolfo le resultaba difícil apartar los ojos de ella. Al darse cuenta de su incomodidad, ella ocasionalmente estallaba en carcajadas.

Hablaron por un largo rato. El dedo índice de la muchacha hacía círculos en la arena al decirle que había terminado la escuela secundaria y estaba allí de vacaciones con su hermana mayor. Había decidido tomarse un descanso antes de comenzar la universidad.

—No estoy segura de lo que quiero estudiar todavía. Tantas opciones —dijo ella y suspiró.

La forma en que ella le hablaba sobre sus numerosas vacaciones a países en Europa Occidental, Sudáfrica y Australia; la manera refinada en que bebía sorbos de su agua mineral y la perfección de sus cuidadas manos con uñas rosadas, lo conllevaron a concluir que provenía de una familia adinerada.

Ella lo inundó de preguntas. ¿En qué grado estás? ¿De dónde eres? ¿Cuál es tu comida favorita? Rodolfo le dijo que estaba comenzando el doceavo grado y le habló sobre sus padres en Cuba, así como de su plan de viajar a los Estados Unidos. Ella pareció más interesada en el joven cuando supo que era de Cuba.

—¡Guau! Amo a Cuba y a su gente, —dijo entusiasmada, juntando sus manos, como si fuera a aplaudir—. De hecho, una vez tuve un novio cubano. Me recuerdas mucho de él, era tan guapo como tú.

Él se sonrojó por su franqueza, tan diferente de las chicas que había conocido antes. Su padre le había enseñado a ser el conquistador, y ahora se encontraba en una posición incómoda, sin saber qué hacer.

Cuando ella parecía haberse quedado sin ningún otro tema de conversación, le preguntó:

—¿Te gustaría venir a mi apartamento por un rato?

Él vaciló.

—¿Tienes otro compromiso o tienes miedo? —preguntó ella.

—Ninguno de los dos —respondió Rodolfo.

—Entonces ven conmigo.

No estaba seguro en qué se estaba metiendo. Su familia le había advertido sobre situaciones similares, por lo que Rodolfo seguía mirando a su alrededor para confirmar que nadie los estuviera observando. Cualquier cosa podría haber sucedido esa noche, algo de lo que se dio cuenta mucho más tarde, pero por alguna razón, ella le inspiraba confianza.

Rodolfo recogió el bolso y la toalla de franjas de colores que la muchacha había dejado en la arena, mientras que ella se ponía un vestido blanco, de algodón fino, que revelaba sus curvas. Cuando comenzaron a alejarse de la playa, en dirección hacia la ajetreada avenida, él admiró el sol rojizo que se desvanecía sobre el mar Mediterráneo. Luego sus ojos se tornaron hacia ella, y por un momento, se miraron el uno al otro fijamente, y sonrieron. Cuando cruzaron la avenida que separaba la playa de una hilera de hoteles, ella le tomó la mano, y lo miró riéndose como si hubiera notado lo fría que estaba. En silencio, intercambiaron miradas coquetas mientras pasaban por varios hoteles, hasta que cruzaron el estacionamiento de uno de ellos y subieron las escaleras.

—¿Alguna vez has estado con una chica? —le preguntó ella con satería, mientras se acercaban a la puerta de su habitación, ubicada en el segundo nivel de un edificio de tres plantas.

Él no respondió, solo la miró.

—Me haces reír —dijo—. No sé por qué, pero así es.

Dos horas después, mientras Rodolfo caminaba de regreso a su hotel para reunirse con sus tíos, la brisa le restauraba su rostro y jugaba con su cabello. Aida. Un nombre que siempre recordaría. Respiró hondo, dejando que el aire salado del Mediterráneo llenara sus pulmones, mientras sonreía y se maravillaba ante lo que ocurría en su entorno: la fila interminable de hoteles iluminados, la gente de varios países caminando en la acera y hablando en su lengua nativa, el aroma de paella procedente de un restaurante cercano, y las luces de los vehículos que pasaban.

Él podría haberse quedado con ella para siempre.

Su padre estaría orgulloso de él si supiera de su primera conquista como hombre, aunque debía reconocer que fue ella la conquistadora. Luego pensó en su madre, quien no sería tan halagadora. Ella estaría enojada con él por ser imprudente e irse a casa de una desconocida.

Dos días después del encuentro de Rodolfo con Aida, él y su familia regresaron a su casa, pero los recuerdos de ese viaje siempre lo harían sonreír. Durante su estadía en España, a Rodolfo no sólo le gusto la costa mediterránea, pues también descubrió que Madrid era una ciudad fascinante, desde los famosos clubes de fútbol Real Madrid y Atlético de Madrid, hasta su centro histórico. Además, sus tíos habían sido muy acogedores desde el principio, ofreciéndole no solo su amor, sino también una cómoda existencia de clase media, complementada con visitas frecuentes a Plaza Mayor, donde se ubicaba el Palacio Real, y paseos, los fines de semana, por el Parque del Buen Retiro, uno de los parques más bellos y relajantes que había disfrutado. Él y su familia se sentaban en los escalones de su magnífico lago artificial, cerca de estatuas, fuentes y monumentos esplendorosos, para hablar de Cuba. Fue allí, junto al lago, donde le preguntó a su tía:

—¿Extrañas a Cuba?

Su respuesta lo sorprendió.

—No extrañamos a los lugares, sino a los momentos vividos y a las conexiones logradas.

Pasarían años antes que él pudiera comprender el significado de sus palabras. Ahora, mientras caminaba por el aeropuerto, se preguntaba sobre la vida que lo esperaba en Miami.

Rodolfo siguió a los otros pasajeros a la Oficina de Aduanas y luego a "Luggage Claim." Cuanto más caminaba por los largos pasillos del aeropuerto, más ansioso se volvía, no sólo por los altavoces que alternaban entre el español y un idioma que no comprendía bien, que se dio cuenta era el inglés, sino porque él sabía muy poco acerca de su familia de Miami. Había hablado con Arturo, su tío, dos semanas antes de partir de Madrid, pero era un hombre de pocas palabras. Sin embargo, lo que le faltaba en la expresividad, parecía compensarlo con generosidad. Después de todo, fue Arturo quien pagó los viajes de Rodolfo y el abogado que manejó sus documentos de inmigración.

En una de las tiendas del aeropuerto, Rodolfo notó un juego de tazas de café con dibujos de Cuba, y pensó en su hogar. Extrañaba a su familia y esperaba verlos de nuevo muy pronto. Por encima de todo, extrañaba a su padre, Sergio, su mejor amigo, quien nunca quiso que él se fuera de su lado. Cuando Ana sugirió por primera vez enviar a los niños al extranjero, Sergio le gritó y golpeó la mesa con los puños. Fue una de las pocas veces que Rodolfo vio a su padre perder los estribos. Pero su madre no cedía, lo desgastaba día tras día, año tras año, hasta que Sergio no tuvo más remedio que ceder.

Rodolfo sólo había hablado con su padre una vez desde que salió de Cuba, ya que las llamadas internacionales eran costosas y requerían un viaje, en un autobús público, a la compañía telefónica en La Habana. Sus padres ganaban poco. Después que Fidel Castro asumió el poder, ellos dependían de sus empleos con el gobierno, y lo que ganaban lo dedicaban a los alimentos comprados en la tienda de comestibles estatales, y a las compras que Ana hacía en el mercado negro. Ana le había escrito a su hijo varias veces, pero su padre no, ya que se sentía avergonzado por su limitada habilidad de escribir.

Después de salir con sus maletas de la Aduana, Rodolfo se dirigió a una sección del aeropuerto donde la gente esperaba a los pasajeros que llegaban. Algunos llevaban carteles. Otros miraban a los recién llegados con impaciencia. Rodolfo buscaba a su familia con su mirada, aunque no sabía quién iba a recogerlo. Mientras esperaba, se concentró en los abrazos, los besos y las lágrimas a su alrededor. Una familia, en particular, llamó su atención. Una anciana con un vestido azul, acompañada de un anciano que traía una guayabera de mangas largas y pantalones de vestir negros, se acercó con brazos abiertos a una familia joven de cuatro integrantes. La joven pareja y sus dos hijas le sonrieron.

—¡Gracias, Dios! Gracias por traerme a mi hija y a su familia —dijo la anciana en español, con voz quebrada, con sus ojos llenos de lágrimas mirando hacia arriba.

La señora le recordaba a su abuela, siempre dramática, especialmente después de la muerte de su esposo. Al igual que la anciana en el aeropuerto, su abuela irradiaba bondad y generosidad.

—Eres mi nieto favorito —le decía su abuela, una frase que le repetía a la hermana de Rodolfo cuando pensaba que él no la estaba escuchando. Aún así, ella vivía para cumplir los deseos de Rodolfo, habiendo logrado encontrar la manera de hacerle arroz con leche a menudo, su plato favorito, incluso si tenía que comprar los ingredientes en el mercado ilegal a precios muy altos. Si sólo hubiera podido decirle adiós y agradecerle en persona por su amor sin límites.

Poco a poco, el área alrededor de Rodolfo comenzó a vaciarse, y cuando casi todos los pasajeros de su vuelo se habían ido, notó que un hombre que no parecía tener prisa se levantaba de su banco y caminaba hacia él. Tenía el pelo gris, estaba peinado cuidadosamente y llevaba gafas gruesas que revelaban unos ojos marrones desprovistos de alegría. Su camisa blanca y unos pantalones de color azul impecables, mostraban su preferencia por la pulcritud y el orden.

—Tú debes ser Rodolfo —le dijo cuando estaba a unos tres metros de distancia. Rodolfo asintió.

—Soy Arturo, tu tío. No es necesario que me llames tío. Arturo es suficiente. Vámonos.

Arturo no lo abrazó ni lo ayudó con su equipaje, sino que dio la vuelta y comenzó a caminar hacia la salida del aeropuerto con pasos rápidos, mientras Rodolfo lo seguía, luchando por mantener el ritmo.

CAPÍTULO 5

Mientras Arturo conducía el auto hacia su casa, Rodolfo se sentía incómodo. Desde que salieron del aeropuerto, su tío no había dicho una palabra, a pesar de varios intentos por parte del sobrino de entablar conversaciones con él. Rodolfo le dio las gracias por todo lo que estaba haciendo por su familia, pero Arturo respondió solamente con un movimiento afirmativo de cabeza. Ahora el recién-llegado a Miami culpaba a su madre por ponerlo en esta situación, por hacer que los demás actuaran contra su voluntad, aunque Rodolfo supiera que ella no lo hacía con malas intenciones.

Sin saber qué hacer, Rodolfo miró por la ventana hacia la calle. El tráfico era pesado, como en Madrid, pero notó que la arquitectura de Miami era muy diferente, ya que carecía de los imponentes edificios coloniales y del romanticismo de una época pasada, característicos de Madrid. Miami parecía más cruda y práctica, con fábricas y tiendas entrando en erupción por toda la ciudad, y rostros que se parecían al suyo. A juzgar por todas las vallas publicitarias en castellano, no le parecía que estaba en los Estados Unidos.

El viaje duró unos quince minutos, luego de tomar la autopista 14th Street East-West. Cuando finalmente llegaron a la casa de Arturo, ubicada cerca de la Calle Ocho, en la parte suroeste de Miami, encontraron la puerta abierta, con docenas de vecinos conversando animadamente en el portal y en la sala. Esto hizo que Rodolfo se sintiera como si estuviese de vuelta en La Habana. Arturo atravesó la multitud con pasos rápidos y sin hablarle a nadie, y tomó refugio en la parte trasera de la casa, mientras que Martica, su esposa, saludaba a Rodolfo con un gran abrazo familiar.

—Debes estar muriéndote de hambre —le dijo, y sin permitirle siquiera responder, le metió una croqueta de jamón en la boca y le dio un vaso de Coca Cola helada. A la misma vez, un hombre muy amistoso se ofreció a disponer de su equipaje, y una mujer recogió su abrigo. Mientras bebía la Coca Cola y saludaba tímidamente a todos, notó que su tío sacudía la cabeza antes de entrar en una de las habitaciones, pero nadie pareció darse cuenta. Rodolfo no entendía por qué Arturo actuaba así, tan diferente de su esposa.

Martica aparentaba ser la tía que cualquiera hubiese deseado: una sonrisa brillante como un diamante, y un rostro regordete y benévolo, mostrando orgullosamente un par de amables ojos azules, escondido detrás de espejuelos graduados. A diferencia de muchas mujeres de su edad, había permitido que su cabello mostrara su color gris natural. Feliz como una niña, corrió al comedor y regresó con un plato lleno de comida: moros, plátanos maduros fritos, dos pasteles de guayaba y dos croquetas de pollo.

Cuando Rodolfo terminó de devorar todo lo que Martica le había servido, se puso a escuchar atentamente a las conversaciones que sucedían a su alrededor. Las mujeres hablaban sobre sus hijos y sus familias, enfermedades o compras importantes, mientras que los hombres, en una forma animada y vociferante, discutían sobre la política.

—No hay un comunista mejor que uno muerto —le oyó decir a uno de los hombres, mientras que tres otros que lo rodeaban asentían con la cabeza.

Rodolfo se les acercó y escuchó sus historias. El hermano de uno de ellos había sido baleado por funcionarios del gobierno de Castro. Al padre de otro lo encarcelaron por actividades contrarrevolucionarias. Un tercero había sido obligado a trabajar en campamentos de trabajo porque quería abandonar el país. Dijo que los militares de Castro lo habían hecho cavar una fosa una vez.

—Es para ti —le dijo uno de los guardias del campamento—. Los traidores deben cavar sus propias tumbas.

Rodolfo notó la consternación en la cara del hombre que, con ojos endurecidos, estaba contando la historia.

—Cuando terminé de cavar, me empujaron a la zanja y me apuntaron con un arma a la cabeza. Y te digo, hermano —pues se lo vi en los ojos de ese tipo— que si su jefe no hubiera llegado a tiempo, yo no les estaría haciendo el cuento.

Sus puños se cerraron mientras los otros hombres hacían gestos negativos con sus cabezas.

Entre los vecinos había un joven cuyos padres lo habían enviado solo a Estados Unidos durante el éxodo de Pedro Pan.

—Tenía diez años —dijo el joven—. No hablaba inglés y me sentía confundido cuando mis padres me subieron a un avión con mi camioncito favorito y una maleta pequeña con algunas de mis ropas. En mi mismo vuelo, había un grupo de niños viajando solos, algunos más jóvenes que yo. Luego supe que yo era uno de los afortunados porque tenía parientes en Miami. Pero mis padres todavía están en Cuba.

El joven miró hacia otro lado. Otro hombre le dio unas palmaditas en el brazo.

Rodolfo no sabía que estos eventos habían ocurrido, ya que sus padres rara vez discutían sobre la política frente a sus hijos. Todo lo que sabía era que, hacía años, su madre quería irse de Cuba.

Después de un largo rato de animada conversación, la gente comenzó a irse, y su tía lo condujo a una de las habitaciones. Su abrigo estaba sobre una cama, tendida impecablemente, y su equipaje se encontraba cerca del tocador. Sintió un olor tenue a violetas que le recordó al apartamento de su abuela en La Habana.

—Esta es tu habitación —dijo Martica, extendiendo los brazos hacia adelante—. Perdóname por la pintura rosada. Éste era el cuarto de mi hija, pero ella se casó y se mudó.

Martica se detuvo un momento, sacudió la cabeza y suspiró.

—Entre tú y yo, nunca se me hubiera ocurrido dejar a mis padres y mudarme para otra ciudad —dijo ella—. Los tiempos han cambiado. ¿Sabes? Mi hija Clarita, de vez en cuando, tocaba una canción... creo que por Bob Dylan, titulada *Times are changing*. Es muy fiel a la realidad. Estamos viviendo en tiempos muy diferentes a los de mi juventud.

Martica giró su cabeza de lado a lado y agregó:

—Ya ni puedo reconocer a este país. No me malinterpretes, esto todavía es un paraíso en comparación con lo que dejamos atrás, pero a veces me da miedo cuando veo a todos esos jovencitos con camisetas del Che Guevara, que no tienen ni la menor idea de lo qué es el comunismo. Es muy triste.

Martica se encogió de hombros.

—De todos modos, ahora somos Arturo y yo solamente. Pero por favor, quiero que te sientas como en casa. He hablado demasiado. Como te debes haber dado cuenta, soy muy habladora.

—No se preocupe, Tía Martica —dijo Rodolfo sonriéndole—. Por cierto, ¿qué le pasó a mi tío? ¿Está bien?

Ella asintió.

—A tu tío no le gusta mucho la gente, pero es un buen hombre —dijo ella, sentándose en una silla de madera frente a la cama y haciendo una mueca, mientras se masajeaba la pierna—. Dale tiempo. Acabo de llevarle un poco de mermelada de guayaba con queso. Eso siempre lo anima.

Martica continuó hablando de Arturo. Explicó que él había sido un ingeniero cuando vivían en Cuba, pero que tuvo que conformarse con un trabajo de asistente de ingeniero al llegar a Miami porque no tenía tiempo o dinero para revalidar su título, y su inglés no era lo suficientemente fuerte. Le dijo que para él, su familia lo era todo. Arturo había tomado un segundo trabajo durante la temporada de

Navidad con el fin de ahorrar dinero para el vuelo de Rodolfo y otros gastos legales. Según Martica, a Arturo le gustaba la quietud de las bibliotecas, el sonido al pasar las páginas y el abrazo de la tinta y el papel. En cuanto a los libros de ficción, Arturo pensaba que eran una pérdida de tiempo. Los libros de historia, finanzas o economía eran sus favoritos.

Luego de un rato, Martica cambió la conversación hacia su hija casada y a su yerno irlandés, quien hablaba inglés y sólo un puñado de palabras en español.

—¿Por qué no pudo haberse casado con un cubano de Miami? —preguntó ella—. ¡Pero no! Ella tenía que hacer las cosas a su manera. Igualita a su padre. Luego, Clarita tuvo que seguir a su marido cuando lo trasladaron para otra ciudad.

Martica movió su cabeza de lado a lado y añadió:

—¡Estos muchachos! Pero ¿quién soy yo para juzgar, verdad?

Martica se levantó de la silla y le dio a Rodolfo toallas limpias y jabón del que guardaba en el tocador. Luego abrió el armario y sacó dos libros para él, uno titulado *Chariots of the Gods* y un diccionario de inglés a español.

—Casi se me olvidaba —dijo ella—. Tu tío compró estos libros para ti. Dijo que no deberías perder el tiempo.

—¿Qué quiere decir? —preguntó Rodolfo examinando los libros más de cerca.

—Él sabe que tu inglés no es adecuado para entender este libro, pero él quiere que comiences a leerlo y a traducir las palabras que no entiendas usando este diccionario.

CAPÍTULO 5

Martica hizo una pausa y un gesto negativo con la cabeza.

—Arturo está muy interesado en la educación. Estoy segura que si buscas la frase *"ratón de biblioteca"* en el diccionario, verás la cara de tu tío.

Rodolfo soltó una carcajada.

—Gracias por todo, Tía Martica —dijo Rodolfo con una sonrisa sincera.

—No necesitas agradecerme —dijo ella—. Por cierto, mañana tu tío te inscribirá en la escuela.

—Pero mañana es viernes—. ¿No podemos esperar hasta el lunes?

—De acuerdo con tu tío, no. Él no quiere que te pierdas ninguna clase. Dice que trabajó demasiado duro para darle a su familia la oportunidad de vivir en un país libre y disfrutar de una buena vida. No tienes idea cuántas veces he escuchado el mismo discurso, y mejor ni discutir con él. Incluso, él se tomó dos días de descanso en el trabajo para irte a buscar al aeropuerto e inscribirte en la escuela. El lunes regresará a la oficina.

Martica hizo una pausa y redujo el espacio entre Rodolfo y ellos antes de continuar.

—Entre tú y yo —le susurró mirando ocasionalmente hacia la entrada de la habitación, —creo que el carácter fuerte de tu tío es probablemente una de las razones por las que nuestra hija se mudó tan lejos de nosotros. No creo que haya sido por el trabajo de su esposo.

—¿Dónde vive ella? —preguntó Rodolfo.

—En Nueva York. Es enfermera, pero su padre quería que fuera un ingeniero. Discutieron tanto por eso.

—¿Qué hay de malo con ser enfermera?

47

—Nada. Él dijo que si ella quería estar en asuntos de la salud, debería haberse hecho médico. Pensó que estaba tomando atajos.

Martica hizo una pausa por un momento y enderezó un ejemplar de 'T.V. Guide' que se encontraba encima de la cómoda.

—Se me olvidaba algo más. No mires programas de televisión en español.

Él la miró con el ceño fruncido.

—¿Qué quieres decir? —preguntó Rodolfo.

—Solo puedes mirar los canales en inglés. El pequeño librito encima de la cómoda tiene una lista de los programas que están disponibles.

—Pero Tía Martica, mi inglés no es muy bueno.

—Tu tío me dijo que cuanto más expongas tus oídos al idioma, más fácil será para que lo domines —dijo ella alzando sus manos, con las palmas hacia él—. Estas son sus reglas, no las mías. Como dicen los estadounidenses, no mates al mensajero.

Ella arqueó las cejas, mientras inclinaba levemente la cabeza.

—Pero él tiene razón, ¿sabes? He estado casada con ese hombre por muchos años. Sé que tiene buenas intenciones.

Se quedó pensativa por un momento, mientras que sus ojos se centraban en una fotografía encima del vestidor. La recogió y se la dio a Rodolfo.

—Esta es tu prima Clarita con tu tío y conmigo. Ella tenía dieciséis años en esa foto. Arturo nos había llevado a Disney World, en Orlando, pero como es demasiado ahorrativo para ir a un hotel, tuvimos que regresar a Miami esa noche. Juró que nunca más volvería allí.

CAPÍTULO 5

—¿Por qué no? —preguntó Rodolfo.

—Dijo que era un gasto inútil de dinero, que si ella quería divertirse, que fuera a museos. Él no comprende que no se puede obligar a una jovencita a hacer la voluntad de él.

Ella respiró hondo.

—Pero bueno, no hablemos más de tu tío. Déjame ir a limpiar y organizar la casa.

—Te ayudaré con la limpieza —dijo Rodolfo.

—Ese es el trabajo de una mujer. Concéntrate en tu lectura.

—De vez en cuando, mi papá ayuda a mamá a lavar los platos —dijo Rodolfo.

—¿De veras? —dijo Martica elevando sus cejas—. Pues harás a mujer muy feliz algún día. No solo eres guapo, sino que también eres útil en la casa. ¡Ya me caes bien!

Él sonrió y, a pesar de la insistencia de ella en encargarse de la limpieza, Rodolfo la siguió hasta la cocina y comenzó a lavar los platos.

Por la noche, cuando la casa cobró vida con las noticias que se trasmitían por la televisión, Rodolfo vio las imágenes de las protestas en todo el país. La guerra de Vietnam era la culpable del alboroto, una guerra desordenada y complicada, sin ganadores, como todas las guerras. Durante el reportaje, notó que su tío se movía incómodamente en su asiento, pero Arturo reprimió el impulso de hablar, tal vez porque era la primera noche en su nueva casa.

Al día siguiente, Arturo inscribió a Rodolfo en Miami High School, donde comenzaría el doceavo grado. Era una escuela grande, más grande que las de Cuba. En ella, los niños no usaban uniforme, por lo que se vestían de forma diferente, algunos mejores que otros. Algunos parecían más felices, especialmente aquellos que se rodeaban de muchos amigos. Más apartados, estaban los muchachos solitarios. Rodolfo se preguntó en qué grupo él se ubicaría.

El primer día, durante la clase de álgebra, mientras Rodolfo miraba nerviosamente alrededor de su clase, agotado, tratando de descifrar lo que decía el profesor, una joven de cabello negro, y ojos color avellana escondidos detrás de gafas de montura plástica marrón le susurró en castellano:

—¿Necesita ayuda?

El profesor interrumpió su lectura y miró en su dirección.

—¿Podría por favor esperar hasta el final de mi clase para entablar en una conversación?

—Solo lo estaba intentando. . . —dijo ella.

—Joven, no vuelva a interrumpir mi clase —dijo el profesor.

Cuando el profesor dio la vuelta para escribir en la pizarra, ella le escribió algo a Rodolfo en un pedacito de papel y se lo dio. Él lo miró brevemente.

—Te explicaré la lección más tarde —decía la nota en español.

Luego, a la hora del almuerzo, cuando Rodolfo estaba comiendo un pedazo de pizza en la cafetería, la muchacha que trató de ayudarlo en la clase se acercó con su bandeja y se sentó junto a él. Él la saludó calurosamente.

—Lo siento, te metí en problemas con el profesor —Rodolfo le dijo en español.

—No fue tu culpa —dijo ella—. Solamente a mí se ocurriría la clase del Profesor Gruñón.

Ambos soltaron carcajadas.

—¿Así es como lo llamas? —preguntó él.

—Sí —dijo—. Es insoportable.

—Por cierto, mi nombre es Rodolfo. ¿Y tú?

—Lissy —dijo ella, echándose el pelo detrás de la oreja—. Es la forma breve del nombre Lissette.

—¿Ese no es un nombre francés? —preguntó Rodolfo.

—Sí, pero yo no soy francesa. Mis padres y yo nacimos en Cuba.

—¡Ay, y yo también! —respondió Rodolfo—. ¿En qué año salieron ustedes de Cuba?

—Mi madre y yo nos fuimos en el 1961, pero mi padre estaba en la cárcel en ese momento, así que se quedó detrás.

Él la miró con una expresión perpleja.

—¿En la cárcel? ¿Por qué?

Ella se puso pensativa y tomó un sorbo de su leche con chocolate.

—Prefiero no hablar sobre eso —respondió ella—. ¿Por qué enfocarse en cosas tristes? Mi madre siempre dice que la vida es demasiado corta para preocuparse por cosas que no podemos controlar.

—Ella tiene razón —observó Rodolfo.

—Entonces, ¿dónde viven tú y tu mamá?

—En La Pequeña Habana, como la gente llama a esa área —dijo ella, tomándose otro sorbo de leche—. Cerca de la calle Ocho.

—¡Yo también! —dijo Rodolfo.

—Vivo con mi mamá y mi padrastro —explicó Lissy con un pequeño encogimiento de hombros.

—¿Padrastro? ¿Y qué pasó con tu papá? ¿Salió de la cárcel?

—Te dije que no quiero hablar de eso.

De repente, Lissy se mostró pensativa y triste.

—Perdóname, no quise molestarte —dijo Rodolfo.

—No te preocupes —dijo ella, jugando nerviosamente con sus dedos.

Después de un breve silencio, ella enderezó su postura y lo miró con una sonrisa forzada.

—Entonces... ¿con quién vives tú?

—Con mi tía y mi tío. Mis padres todavía están en Cuba.

—Lo siento —dijo ella con una mirada de preocupación en sus ojos—. ¿Y por qué se quedaron?

—Prefiero no hablar de eso —él dijo levantando las cejas. Ella lo miró con los labios apretados.

—Pues bien —dijo ella con conformidad—. Respeto tu privacidad.

Él le dirigió una sonrisa juguetona.

—Vamos a hacer una cosa. Compartiré mi historia contigo cuando tú compartas la tuya conmigo.

Ajustando sus lentes, ella le dio una mirada exasperada.

—Bien, pero no aguantes la respiración esperando que yo te lo cuente.

Ella metió la mano en su mochila, extrajo un pedazo de papel, escribió algo sobre él y se lo entregó a Rodolfo.

—Aquí tienes mi dirección y número de teléfono —dijo ella con autoridad—. Puedo ayudarte con el trabajo de la escuela y cualquier otra cosa que necesites.

—¿Y por qué estás siendo tan amable conmigo? —Rodolfo le preguntó.

Ella se encogió de hombros y luego los relajó.

—Sé cómo es estar en un lugar nuevo y no saber el idioma. Cuando llegamos, me hubiera gustado haber tenido a alguien que me ayudara. Además, me caes bien.

—Gracias —dijo Rodolfo con una gran sonrisa—. Y tú a mí también.

Él la observó por un momento con una mirada curiosa, ignorando a los estudiantes que pasaban por allí. Luego, inesperadamente, ella recogió sus pertenencias y se levantó de la silla.

—Tengo que irme —dijo, sin mirarlo.

—Pero no ha terminado su almuerzo.

—Tengo cosas que terminar antes de mi próxima clase. Llámame esta noche, ¿de acuerdo?

Ella dio media vuelta y caminó hacia la salida de la cafetería sin llevarse su bandeja. Rodolfo observó su figura delgada, su pesada mochila que colgaba de un hombro y sus torpes movimientos cuando se alejaba. Vestía pitusas azules, sandalias blancas y una blusa rosada sin mangas que dejaba al descubierto sus brazos delgados. A pesar de la pesada carga caminaba rápido, y desapareció entre la multitud de muchachos que entraban y salían de la cafetería. Él tornó los ojos hacia la bandeja de plástico que Lissy había dejado, casi llena, con el pan todavía intacto. Agarró el panecillo blanco y se lo comió rápidamente, ignorando el pequeño paquetico de mantequilla cerca del borde de la bandeja, y preguntándose qué había causado su repentina reacción.

CAPÍTULO 6

Arturo estaba sentado en el sofá leyendo el periódico cuando Rodolfo se acercó a él lentamente, zapateando para llamar su atención. Arturo continuó leyendo, obviamente ignorando su presencia, y tomando sorbos de una gran taza de café con leche que Martica había puesto anteriormente en la mesita que tenía al lado.

—Me voy a reunir con una amiga para trabajar en unas tareas —dijo Rodolfo.

Arturo lo miró por encima de sus espejuelos.

—Está bien —dijo. Luego se sumergió en su lectura sin decir una palabra más, dejando a Rodolfo parado frente a él.

—Terminé el libro que me diste —agregó Rodolfo.

—Después recuérdeme prestarte un libro de ingeniería —respondió Arturo sin levantar la vista de las páginas.

CAPÍTULO 6

Rodolfo permaneció inmóvil, esperando que su tío dijera algo más pero, después de un largo e incómodo rato, desistió.

—Hasta luego, tío.

—Te dije que no me llamaras tío —dijo Arturo sin levantar la vista.

Rodolfo lo miró, tratando de descubrir cómo podía sacarle más que unas pocas palabras y preguntándose por qué lo trataba así. Desde su llegada, Rodolfo había hecho todo lo posible para ganárselo. Cortaba el césped, sacaba la basura, hacia arreglos en la casa, pero nada parecía suficiente. Ni siquiera un agradecimiento de su tío.

—Lo siento Arturo; no volverá a suceder —respondió Rodolfo.

Luego dio la vuelta, recogió su mochila del sillón y salió de la casa. Ese sábado hacían dos semanas que Lissy y Rodolfo se habían conocido. Hasta entonces, aparte de las conversaciones que tenían en la escuela, los adolescentes solo habían hablado por teléfono algunas noches, pero en este día, Lissy lo había invitado a su casa.

Mientras Rodolfo pasaba por los cafés que bordeaban esa parte de la calle Ocho, pensó en Lissy. Estaba agradecido de haberla conocido. La mayoría de los adolescentes se mantenían alejados de aquellos que hablaban poco o nada de inglés, y a Rodolfo no le gustaba sentirse como un extraño. Lissy no solo lo hacía sentirse bien, pues se comportaba diferente a cualquier de las chicas que había conocido y podía hablar con ella durante horas. Sin embargo, había cosas que no quería revelarle ni a ella ni a nadie, por temor que lo consideraran débil o no lo suficientemente varonil. Su padre le había enseñado que los hombres no le mostraban sus emociones a nadie, y debían enfrentar los problemas por sí mismos. Rodolfo lo intentó, pero sus miedos e inseguridades se interpusieron en su camino. Se preguntaba si otros adolescentes se sentían como él. En la escuela, algunos muchachos actuaban como si lo tuvieran todo resuelto, especialmente los chicos del equipo de fútbol. Él se preguntaba si todos enfrentarían los mismos temores, con la diferencia de que algunos habían aprendido a crear una fachada para ocultar cómo se sentían realmente.

Cuando al fin llegó a la casa de Lissy, ella vino a la puerta con una sonrisa amistosa. Llevaba un pitusa azul y una blusa blanca y tenía el cabello recogido en un rabo de mula. Había pintado sus labios y delineado los ojos de color rosado, a diferencia del rostro sin maquillaje con que iba a la escuela.

—¡Me gusta tu colonia! —dijo Lissy después de saludarlo con un beso en la mejilla.

Él sonrió.

—¡Ah! Mi tía me puso una colonia de las que le compra al esposo llamada Pierre Cardin. Probablemente huelo como una tienda de perfumes... Por cierto, te ves muy bonita.

Un ligero rubor coloreó las mejillas de Lissy.

—Gracias por el halago, y no, no hueles como una perfumería. Es un olor muy agradable.

Luego, girando su cabeza ligeramente hacia la parte trasera de la casa, ella anunció nerviosamente:

—¡Mamá, Jerry, Rodolfo está aquí!

Lissy y Rodolfo hablaron por un rato, alternando entre bromas sobre su profesor gruñón y detalles sobre los últimos episodios de televisión de

Hawaii Five-0, uno de los programas favoritos de Lissy. Él, por su parte le comentó su preferencia por los de ciencia ficción, como *Doctor Who* y *Star Trek*.

De vez en cuando, Lissy seguía mirando hacia la parte trasera de la casa, cada vez más impaciente y nerviosa, y aún de pie en el portal, junto a la puerta. Después de unos minutos, las manos de Lissy se unieron en una sola palmada.

—Déjame ir a buscar a mamá y a mi padrastro. Ahora regreso... Ay perdóname, pero se me olvidó pedirte que entraras. ¡Por favor, entra y siéntate!

La conversación había terminado abruptamente, dejándolo a mitad de frase y confundido. Se sentó en un sofá de cuero, de color marrón, sin entender muy bien la última reacción de ella, pues no le encontraba una explicación lógica. Se encogió de hombros y comenzó a examinar las fotografías que estaban en la pared. La imagen de una pareja joven acompañada de una niña pequeña llamó su atención. El hombre tenía el pelo negro y grueso y un bigote delgado, y la mujer, un cabello negro y largo que le llegaba hasta los hombros. Ambos tomaban a la niña de la mano, mientras ella, que también lucía un bonito cabello negro, sonreía y alzaba su vista hacia quien Rodolfo asumía que era su padre. Concluyó que la chica de la foto tenía que ser Lissy.

—Mamá, Jerry —dijo Lissy, en español, cuando regresó con su madre y el padrastro—. Este es Rodolfo.

Jerry O'Donnell, el padrastro de Lissy, quien era un hombre alto, con cabello rojizo y ojos azules, le dio la bienvenida a Rodolfo con un firme apretón de mano; y luego la madre, Sara –una mujer de unos cuarenta años, con un largo cabello negro y piel blanca como la de su hija–, lo abrazó.

—¡He oído mucho sobre ti! —dijo Sara—. Y ya veo por qué.

Lissy miró a su madre, abriendo los ojos de par en par, mientras ésta, con sólo un movimiento de labios, le susurró a su hija: 'perdóname'.

—Antes de que ustedes comiencen a trabajar en su tarea, queríamos invitarlos a almorzar —dijo Sara—. Jerry sugirió el Versalles, un restaurante cubano muy popular.

—¿Has comido hamburguesas, Rodolfo? —preguntó Jerry.

—No, pero no se moleste —dijo Rodolfo, con un gesto negativo de la cabeza—. Tomé un desayuno grande y mi tía está haciendo el almuerzo.

—No es ninguna molestia —dijo Sara, agitando sus brazos—. Llama a tu tía y dile que vas a almorzar con nosotros. Si quieres, te podemos llevar al McDonald's y ahí puedes comer hamburguesas, papas fritas y pasteles de manzana. ¡Te encantarán!

Rodolfo miró a Lissy con los ojos muy abiertos y se encogió ligeramente de hombros. Ella sonrió feliz, actuando menos nerviosa que antes.

—¡Te va a gustar! —dijo Lissy con ojos brillantes—. ¡Me encantan los pasteles de manzana!

Rodolfo se encogió de hombros de nuevo.

—Muy bien. Llamaré a mi tía —dijo Rodolfo.

Luego que Rodolfo hiciera su llamada, regresó adonde se encontraban Lissy y su familia.

—Bueno —dijo Jerry—. Los dejaremos en paz para que estudien. Rodolfo, confío en que cuides a nuestra hija.

—No soy tu hija, Jerry —dijo Lissy.

—Perdón, quise decir mi hijastra —respondió Jerry.

—Lissy, Jerry ha sido más que un padre para ti —dijo Sara cruzándose de brazos.

—No importa, Sara —dijo Jerry—. Vámonos para que puedan estudiar. Nos vemos más tarde.

Jerry caminó hacia la parte trasera de la casa, mientras Sara miró a su hija con enojo.

—Hablaremos más tarde, Lissy. No tenías derecho a tratar a Jerry de esta manera.

Lissy miró hacia abajo y permaneció en silencio. Después de un tiempo, su madre dio la vuelta y siguió a su marido.

—¿Qué es lo acaba de suceder? —preguntó Rodolfo, cuando él y Lissy quedaron a solas de nuevo. El rostro de ella mostraba una mezcla de ira y arrepentimiento.

—No quiero hablar de eso.

—¿Y tu papá, todavía está en Cuba? —preguntó Rodolfo. Los ojos de Lissy se llenaron de lágrimas.

—Por favor, deja de hacer preguntas —dijo ella—. Déjame traer mis libros.

Él no sabía que la había molestado tanto, pero decidió centrarse en la tarea. Estudiaron durante un par de horas: trigonometría, química e inglés. Ella le leía cada tarea con lentitud, mientras él seguía las letras con sus ojos, y luego ella traducía cada palabra y le pedía que las repitiera. Él recordaba algunas palabras, debido a las clases de inglés que había tomado en España, pero su vocabulario era limitado.

Alrededor del mediodía, Jerry y Sara reaparecieron.

—¡Hora de almorzar! —dijo Sara.

—Rodolfo, esta será una buena introducción a los Estados Unidos —dijo Jerry alegremente, en español, como si hubiera olvidado el rencor de Lissy—. Nada mejor que una hamburguesa y un pastel de manzana.

—Gracias por la invitación —dijo Rodolfo—. Cuando consiga un trabajo, le devolveré el favor.

Jerry sonrió y agitó su mano antes de dirigirse a la puerta, seguido de su familia y de Rodolfo. Un Cadillac Deville blanco impecable, con el interior de cuero, los aguardaba afuera, en el *carport*. Jerry se sentó en el asiento del conductor, su esposa, a su lado, mientras Lissy y Rodolfo se deslizaron por el asiento trasero. Mientras Jerry conducía, Rodolfo admiraba en silencio el interior del automóvil y lo comparaba en su mente con el viejo Chevrolet de su tío. El cuentakilómetros del Cadillac indicaba algo más de cinco mil millas, en comparación con las ciento seis mil del Chevrolet. Imaginaba lo que diría su tío sobre la muestra tan maravillosa de ingenio mecánico:

—¡Bota-dinero y pretencioso!

Ésas serían sus exactas palabras. Continuaría diciendo que en Cuba la gente tenía carros viejos por años, y que no había ninguna razón para comprarse un auto nuevo.

—Rodolfo, ¿te gusta este carro? —le preguntó Jerry, mirándolo desde el espejo retrovisor, como si hubiera notado la expresión del joven.

—¡Sí, mucho! —respondió Rodolfo.

Jerry sonrió con orgullo.

—Tiene un motor 472 V-8. Si no tuviera a la familia en el carro, podría mostrarte su poder.

Sara puso los ojos en blanco.

—Los muchachos y sus carros —dijo Sara, burlonamente.

—Así es —respondió Jerry—. Y no hay nada malo con eso.

Sara hizo un gesto negativo con la cabeza, y todos se quedaron en silencio por un momento.

—¿Has elegido ya una carrera, Rodolfo? —preguntó Sara.

—Mi tío cree que debería estudiar ingeniería eléctrica —dijo Rodolfo.

—Buena elección —dijo Jerry.

—Lissy quiere ser doctora, como su padre —dijo Sara con orgullo.

—No sabía que usted era médico, señor —dijo Rodolfo.

—Me refiero al padre biológico —respondió Sara—. Él murió en Cuba.

Rodolfo le dirigió a Lissy una mirada inquisitiva.

—Lo siento mucho —dijo Rodolfo, mirando inquisitivamente a Lissy—. No lo sabía.

Con las cejas engurruñadas, Lissy miró en dirección de su madre.

—¿Podemos dejar de hablar de mi padre, mamá? —dijo Lissy.

Rodolfo trató de llamar la atención de Lissy, pero ella evadió sus ojos y, con los labios apretados, miró hacia el costado de la cara de su madre.

—Lissy tiene razón, Sara —dijo Jerry—. Hablemos del almuerzo. Me voy a comer dos hamburguesas con queso, papas fritas y un pastel de manzana.

Sara giró la cabeza hacia su marido y se cruzó de brazos.

—¿Tienes ganas de morirte? —preguntó Sara—. Toda esa comida te va a obstruir las venas. El médico ya te dijo que miraras lo que comes.

—Soy más fuerte como un toro —respondió Jerry—. No te preocupes. Todavía quedan muchas en el cuenta-millas de este irlandés.

Lissy habló poco durante el resto del viaje, y con ojos pensativos miraba pasar a la ciudad. Al escuchar el intercambio de palabras entre Lissy y su madre, Rodolfo se sintió confundido. ¿Por qué ella no le dijo que su padre había muerto? Por mucho que él quisiera saber lo sucedido al padre de su amiga, decidió no volver a mencionar el tema. Cuando llegaron a McDonald's, Rodolfo pidió una hamburguesa, pero Jerry le agregó una orden de papas fritas y un pastel de manzana a su orden y solicitó lo mismo para él. Sara y Lissy optaron por emparedados de pescado y pasteles de manzana. Mientras comían, Rodolfo felicitó a Jerry por su habilidad de hablar tan bien el español. El hombre explicó que había nacido en New Jersey y que cuando sus padres murieron, siendo él un bebé, una familia cubana lo adoptó, lo que le permitió crecer hablando inglés y español.

—¿Tienes novia, Rodolfo? —preguntó Sara, después que habían terminado de comer.

Las mejillas de Lissy se pusieron ligeramente rosadas.

—No, entre la escuela y el trabajo, no tengo mucho tiempo para novias, aunque tuve una novia en Cuba.

Su declaración hizo que Lissy mirara en su dirección.

—¿Todavía te estás comunicando con ella? —preguntó Sara.

CAPÍTULO 6

—Le escribí un par de veces, pero después de un tiempo, ambos nos dimos cuenta que no iba a funcionar.

—¿Estás oyendo, Lissy? —dijo Sara, levantando las cejas.

—Mamá, para de estar fastidiando, por favor. Rodolfo y yo solo somos amigos.

Lissy miró a Rodolfo con indiferencia. Él la miró, sonrió y movió la cabeza para ambos lados.

CAPÍTULO 7

Cuando Rodolfo aceptó la invitación de Lissy a la boda de uno de sus parientes, lo último que sospechaba era la reacción de Arturo. Para entonces, Rodolfo ya había conseguido un trabajito en la tienda de comestibles Sedano Supermarket y trabajaba de dieciséis a veinte horas a la semana.

Les anunció la noticia a Arturo y a Martica durante la cena.

—¡Ay, eso es maravilloso! —dijo Martica—. Necesitas una distracción. Todo lo que haces es trabajar y estudiar.

Martica hizo una pausa y levantó la vista con una expresión feliz. Luego, juntó sus manos debajo de su barbilla.

—Además, qué bien me cae Lissy. Estoy ansiosa de verlos a los dos...

Pero no pudo terminar su frase. Arturo había tardado más de tiempo en procesar lo que había dicho su sobrino y, al hacerlo, dio su opinión.

—¿Una boda en el hotel Fontainebleau? —gritó Arturo, hablando con las manos, mientras sus ojos miraban a Rodolfo de manera inquisitiva—.

Necesitarás un traje adecuado. ¿Sabes lo caro que son los trajes?

—¿Un traje? —preguntó Rodolfo, pensando en una boda a la que había asistido en Cuba dos años antes, y no recordaba ninguno de los invitados vestidos de traje.

—Arturo, no seas así —dijo Martica—. Deja que el muchacho se divierta.

—¿Qué se divierta? —preguntó Arturo—. ¿Y sus responsabilidades qué? ¿Crees que su familia en Cuba se está divirtiendo?

—No importa —respondió Rodolfo—. No tengo que ir a esa boda, Arturo. Comprendo que estoy en tu casa, y debo seguir las reglas.

—Bien dicho —contestó Arturo, con un movimiento afirmativo de su cabeza—. Así que no hablemos más del asunto.

—Arturo, no debemos ser tan duros con el muchacho —dijo Martica—. Siempre vemos a todos esos jóvenes con el pelo largo, que no trabajan y protestan contra el gobierno. Si Rodolfo fuera como ellos, yo te entendería. Pero él es un buen muchacho. Iré a una tienda de ropa de segunda mano y veré qué puedo encontrar. Él ya tiene pantalones de vestir. Todo lo que necesita es una chaqueta deportiva.

—Dije que no —sentenció Arturo.

—Por favor —suplicó Martica—. Yo misma pagaré por él. Tengo que hacer unas costuras para nuestros vecinos de al lado. Usaré ese dinero para comprarle la chaqueta.

—No te preocupes, tía Martica —dijo Rodolfo—. Ustedes ya hacen más que suficiente para mí y mi familia.

Martica miró a su marido con una expresión seria, mientras que él seguía comiendo, evadiendo su mirada. Cuando ella no logró captar su atención, se cruzó de brazos y lo miró enojada, lo cual también Arturo ignoró.

—Martica, ¿hiciste café? —preguntó Arturo, después de haber consumido la mayor parte de su comida—. También me gustaría un poquito de mermelada de guayaba con queso de crema.

Martica no respondió.

—Martica, amor mío, me puedes traer una tacita de café y un postre —dijo Arturo, mirando a su esposa.

Sin embargo, Martica lo volvió a ignorar, mientras una expresión seria transformaba su rostro.

Rodolfo los observaba sin saber qué hacer. Después de guardar silencio por un corto tiempo, Arturo respiró hondo.

—Bien, Martica —dijo Arturo—. No quiero discutir sobre esto. Déjame saber cuánto es la chaqueta... claro, en la tienda de la que hablabas.

Martica hizo todo lo posible por ocultar su alegría.

—Sí, puedo prepararte una taza de café, en cuanto termine de comer —dijo Martica.

Esa noche, Martica tomó las medidas de su sobrino, y al día siguiente, su misión fue encontrarle una chaqueta deportiva para complementar los pantalones beige que tenía. Unos días después, cuando Rodolfo regresó del trabajo, su tía lo saludó con una gran sonrisa.

—Está encima de tu cama —dijo Martica—. Pruébatelo y déjame saber qué te parece.

—¿Qué es lo que está en mi cama? —preguntó Rodolfo.

—¿Qué va a ser? —dijo Martica—. ¡El saco!

Rodolfo sonrió y le dio un abrazo a su tía.

—Tía Martica —le dijo—. Aprecio lo que has hecho, pero no quiero que mi tío se enoje conmigo y me saque de la casa.

—No te preocupes por él —dijo ella—. Él nunca va a botarte de aquí. Dale. ¡Ve y pruébatelo y no le hagas caso!

Ella sonrió y lo siguió hasta su habitación. Rodolfo se colocó la prenda sobre la cabeza y deslizó los brazos en ella, uno a uno. Luego esperó la reacción de su tía. De repente, sus ojos se llenaron de lágrimas.

—¡Dios mío! —dijo ella—. Te ves tan guapo.

Y antes de que ella pudiera contenerse, las lágrimas corrieron por su rostro.

—¿Por qué estás llorando? —preguntó Rodolfo.

Las emociones de Martica seguían brotando de sus ojos, mientras miraba a su sobrino con la ternura y con el orgullo de una madre.

—Deben ser mis hormonas —dijo, limpiándose el rostro.

Rodolfo se miró en el espejo.

—Se ve muy bien, tía. Pero por favor, dime cuánto te debo.

—No es nada —dijo ella—. Es mi regalo para ti.

—¿Pero, por qué haces esto? —pregunto Rodolfo—. Ya haces demasiado.

—No es nada —dijo ella—. En los pocos meses que has vivido en esta casa, te has ganado mi amor. Eres un buen muchacho, Rodolfo, y ni mencionar tus habilidades. No puedo creer lo que has hecho con los muebles de la sala. ¡Se ven completamente nuevos! Tu padre te enseñó bien.

Ella le acarició la cara.

—Desearía tener a un hijo como tú —agregó, con los ojos llenos de lágrimas—. Pero, ¿qué estoy diciendo? Ya tienes una mamá y un padre que te quieren.

—Tía Martica, has sido como una madre para mí —dijo—. Incluso cuando lleguen mis padres, nada cambiará.

—Ven. Déjame darte un abrazo, y deja de llorar.

Se abrazaron.

—Eres muy bueno —dijo ella—. Estoy loca por verlos vestidos para la fiesta. Por cierto, ¿cómo vas a llegar allí?

—Sus padres me vienen a recoger.

—Como debe ser —respondió Martica—. Mientras más me dices de esa muchacha y familia, más me gusta.

Rodolfo sonrió y miró a Martica con ojos pensativos.

***

Rodolfo estaba parado frente al espejo, peinándose, cuando Martica entró a su habitación y, sin previo aviso, roció ambos lados de su cuello con la colonia Pierre Cardin.

—¡Ahora estás listo! —declaró triunfante—. Ay, pero déjame mirarte. Vamos, da la vuelta.

Él obedeció, y mientras lo hacía, los ojos de Martica se abrieron de par en par. La chaqueta azul, complementada por una camisa blanca de manga larga y una corbata azul de Arturo, se veía perfecta en él. Martica lo miró con asombro.

—Te pareces tanto... —dijo con orgullo, pero no terminó su frase.

—¿A quién? —preguntó Rodolfo.

—Ah... no me hagas caso. Me estoy imaginando cosas. Te ves muy guapo. Eso es todo.

El sonido del timbre interrumpió su conversación.

—¡Ay, Dios mío! —dijo Martica alegremente, aplaudiendo con sus manos un par de veces, como una niña que ha ganado un premio—. Ya están aquí. Estoy loca por verlos a los dos juntos.

El sonido de sus chancletas resonaba mientras corría hacia la sala, seguida por Rodolfo. Luego, cuando abrió la puerta y Lissy apareció detrás de Jerry y Sara, Martica abrió la boca con asombro.

—Pareces una princesa —dijo Martica, mientras Lissy entraba en su sala luciendo como si fuera parte de la realeza, con su cabello arreglado en un clásico estilo medio arriba, en cascadas sobre su espalda. Llevaba un vestido largo de color rosado, de encaje, con cuentas y hombros descubiertos que acentuaba su cuerpo. Por primera vez usaba lentes de contacto, permitiendo que sus ojos, finamente delineados, brillaran como diamantes.

—Te ves hermosa —dijo Rodolfo, mirándola con un brillo en sus ojos que ella no había visto antes.

—Gracias —respondió, con una sonrisa elegante.

Martica los invitó a entrar y les ofreció café.

—Se lo agradecemos, pero estamos un poco tarde —dijo Jerry, quien con su esmoquin blanco parecía una celebridad de televisión. Pero Sara no se quedaba atrás. Vestía un elegante vestido azul oscuro, largo y sin tirantes, y un refulgente chal plateado—. Por favor Martica, salude a su esposo de nuestra parte —agregó Jerry.

—Por supuesto —respondió ella—. Deben disculparlo. No se sentía bien esta noche y se acostó temprano.

Tratando de pasar inadvertida, Martica miró hacia la parte trasera de la casa.

—Bueno... ¡disfruten y tomen muchas fotos! —dijo.

Momentos después, observó desde el portal a las dos parejas, entrando al auto de Jerry.

***

La ceremonia tomaría lugar en la Iglesia Congregacional de Plymouth, ubicada en Devon Road en el Vecindario de Coconut Grove en Miami.

—¿Quieres escuchar algo cómico?—preguntó Jerry, mientras conducía a la ceremonia—. Algunas personas le llaman a la iglesia donde se va a celebrar la boda "La Iglesia del Diablo".

Jerry esperó una reacción, y cuando notó la sonrisa en el rostro de Sara, agregó: —¡Estoy hablando en serio!

Jerry comenzó a compartir historias de su juventud, cuando él conducía a sus amigos a esa iglesia en medio de la madrugada, para asustarlos y contarles cuentos exagerados de lo que había ocurrido allí. La gente decía que un hombre raro, encapuchado, vagaba por los alrededores de la iglesia. Desde el asiento trasero, Lissy y Rodolfo escuchaban atentamente y sonreían.

—Jerry, cuando lleguemos a la ceremonia, no se te ocurra llamarle 'Iglesia del Diablo' —le recordó Sara, mirándolo con una sonrisa juguetona, con los brazos cruzados.

—¿Por qué no? —preguntó Jerry, mirándola brevemente y luego enfocándose en el tráfico. Sara giró su cabeza de un lado al otro.

Al llegar, Rodolfo encontró la arquitectura de la iglesia muy impresionante. Siguiendo el modelo de una misión mexicana, tenía paredes de piedra, adornadas con enredaderas verdes, haciéndolo sentir como si hubiese viajado a un tiempo diferente.

Durante la ceremonia, Jerry se comportó bastante bien, menos el par de veces que susurró 'iglesia del diablo' en el oído de Sara, mientras ella lo codeaba suavemente, tratando de mantener la compostura. Mientras tanto, Lissy y Rodolfo intercambiaban miradas y sonrisas. Después, Rodolfo examinó el vestuario de los otros invitados, notando que los hombres llevaban esmoquin o trajes. Sintiéndose mal vestido para la ocasión, Rodolfo contempló sus pantalones de color beige y su chaqueta azul, y se ajustó la corbata. Luego, sus ojos se enfocaron en sus zapatos sin pulir, que habían visto días mejores, y por primera vez, se encontró indigno de acompañar a Lissy. Pensó que le había hecho daño al aceptar su invitación.

Cuando la ceremonia terminó y los recién-casados salieron de la iglesia, primos y amigos saludaron a Lissy, felicitándola por su vestido y su cabello. A pocos les importó conocer la identidad del joven a su lado, aunque Lissy se apresuraba a presentarlo. Todos le hablaban a ella en perfecto inglés, con algunas palabras en castellano, casi como un recordatorio de que un cubano todavía vivía dentro de ellos, pero quizás no por mucho tiempo.

Después del evento en la iglesia, una caravana de autos condujo a los invitados hasta el Hotel Fontainebleau, donde era la recepción. Cuando el automóvil de Jerry se iba acercando al hotel, su arquitectura moderna y su fachada curveada dominaban la Avenida Collins, lo que Rodolfo encontró fascinante. Pero aún más extraordinario eran el vestíbulo del hotel y el salón de baile donde se celebró la recepción.

Esa noche, mientras Rodolfo bailaba con Lissy bajo cientos de luces diminutas que parecían estrellas, se encontraron rodeados por los grupos de parejas que bailaban a su alrededor. Rodolfo quería decirle tanto a Lissy, que no le dijo nada. Podía ver sus ojos, brillando con admiración por él, viendo en él lo que nadie más podía ver, ni siquiera él mismo. Por una noche, ella se había convertido en Cenicienta sólo para él. Esa noche, los ojos de ella revelaron la serena magnificencia de la chica que se sentaba a su lado en la cafetería de la escuela, escondiéndose detrás de sus lentes de geek, mientras devoraba un *hot dog* sólo con mostaza.

CAPÍTULO 8

Mientras Rodolfo se familiarizaba con la ciudad de Miami y una cultura e idioma nuevos, en Cuba se desarrollaban acontecimientos que cambiarían para siempre las vidas de sus padres, la suya y la de muchos de sus compatriotas con vínculos en el exterior.

***

La noticia se disipó rápidamente por La Habana. Todos, incluso el cartero, cuando caminaba de casa en casa entregando el correo, hablaban del último acontecimiento. La abuela de Rodolfo corrió a la casa de su hija en cuanto lo supo. Estaba enojada pero, al mismo tiempo, ansiosa de decirle a Ana 'te lo advertí, mija'. Y era cierto que le había pedido a su hija muchas veces, cuando Rodolfo y su hermanita eran más pequeños, que no dejara a los niños viajar solos a un país extranjero. Ahora, las últimas noticias le daban la razón.

Todos opinaban de una manera u otra, pero aquellos que se oponían a la decisión, temerosos de hablar en contra del gobierno, se limitaban a dialogar al respecto solo con los parientes más cercanos.

Claudia se encontró con varios vecinos por el camino que le preguntaron su opinión sobre la nueva medida. Les dijo que eso no era su asunto, que el gobierno hacia lo que creía necesario. ¿Quién era ella para juzgar? Sin embargo, en el fondo, su enojo crecía con cada hora que pasaba.

Se sintió sin aliento cuando subió los pocos escalones que conducían al portal de una de las casas de estilo colonial de la calle Zapote. Entonces se dio cuenta que había salido del apartamento en bata de casa, sin ajustador y con los rolos cubriéndole la mitad de la cabeza. Pensó en su marido. Durante los años que estuvo vivo, ella nunca salió de la casa en esa facha, pero en este momento, problemas más grandes que su apariencia ocupaban sus pensamientos. Tocó a la puerta.

—¡Ana, mija! Soy yo —dijo.

Cuando después de unos segundos no escuchó respuesta, usó su llave para entrar.

—¡Ana! —siguió gritando desde la sala—. ¿Estás en casa?

Probablemente está en el trabajo, se dijo a sí misma. Claudia estaba a punto de dar la vuelta cuando, desde la parte trasera de la casa, escuchó un llamado débil.

—Ana, ¿esa eres tú?

—¡Sí! —respondió una voz.

Claudia corrió a la habitación de Ana, pero cuando la encontró, Claudia se dio cuenta que su hija ya se había enterado de la noticia. Solo eso explicaría su estado.

—¡Mamá! ¿Qué he hecho? ¿Ahora cuánto tiempo pasará para que pueda ver a mi hijo de nuevo?

CAPÍTULO 8

Claudia quería reprocharle, pero cuando la vio en la cama con los ojos enrojecidos y la cara húmeda de lágrimas, no dijo lo que había planeado.

—Déjame traerte un poco de agua —dijo Claudia con calma, acariciándole su brazo—. Necesitas calmarte.

Pensó hacerle uno de sus cafecitos, que en su opinión lo curaba todo, incluso el dolor, pero recordó las palabras de uno de los doctores de Ana, la última vez que Claudia acompañó a su hija al hospital. La noche ante de la visita al salón de emergencias, la electricidad en su casa se había ido y un pedazo de carne de ternera que Ana tenía en el refrigerador se dañó. Después de haberse gastado una fortuna en esta compra, en el mercado negro, ella no quería que se desperdiciara, por lo que la condimentó, la cocinó y se la comió. Nadie en su familia tocó la carne, pero Ana quería demostrarles a todos que ella tenía la razón. El resto pasó a la historia. El asunto fue que durante aquella visita al hospital, el médico le dijo que era hipertensa y le aconsejó que redujera el consumo del café.

Claudia salió de la habitación y regresó con un vaso de agua con hielo.

—Ven. Siéntate y bebe un poco.

Su hija se enderezó en la cama y agarró el vaso.

—¿Cómo puede el gobierno hacer esto, mamá? —preguntó Ana, mirando a su madre con los ojos llenos de lágrimas—. ¿Cómo pueden obligar a la gente a quedarse aquí?

—Tiene que haber una solución, mi amor. Toma un poco de agua.

Ana se bebió medio vaso. Luego Claudia lo colocó sobre la mesita de noche y acarició el cabello de su hija.

Era el 31 de mayo del 1970. Para mitigar el drenaje profesional causado por el éxodo masivo, el gobierno de Castro había decidido abruptamente prohibir la emigración de sus ciudadanos. De un día para otro, miles de familias se vieron separadas.

—¡Tengo que hacer algo! —dijo Ana, acomodando su pelo detrás de sus orejas—. No pueden hacernos esto.

—¿Pero qué puedes hacer? —dijo Claudia hablando con sus manos.

—Necesito ir a la oficina de Inmigración. Tienen que dejarnos ir.

—Ni siquiera tienes tus visas.

—Arturo me dijo que todo estará listo para la semana que viene. Tienen que hacer una excepción.

Claudia extendió sus brazos y madre e hija se abrazaron.

—Espero que tengas razón, hija —dijo Claudia, acariciando el cabello de Ana.

Aunque Claudia había sido indulgente al ver la reacción de su hija, Sergio reaccionaría de manera muy diferente. Después que él se enteró de la noticia, no pudo mirar a su esposa sin explotar en una discusión, y durante las tres siguientes noches, Ana durmió sola en su habitación. En la cuarta noche, después de tirarse en el sofá por un tiempo y no poder reconciliar el sueño, Sergio tomó un autobús hasta la compañía de teléfono para llamar a su hijo. Al llegar, encontró una larga fila de gente esperando. Cuando al fin le llegó su turno, su llamada tardó mucho en conectar, y cuando al fin lo logró, nadie contestó. Volvió a casa frustrado y encontró a su esposa en la sala con un trago de ron en la mano.

—No puedo seguir viviendo así —dijo ella, mirándolo con una expresión de derrota—. ¿Podemos hablar?

—No hay nada de qué hablar —respondió Sergio.

—Las visas y el dinero llegaron hoy —dijo ella, mirando hacia abajo y terminando su trago.

Sergio, desde donde estaba, podía oler el aliento a alcohol.

—Pero no te preocupes —prosiguió ella, con voz calmada y vacía—. Sabes cómo soy, y cuando me propongo algo, lo logro. Encontraré una manera de resolver esto; te lo prometo.

Él la miró con una expresión seria, mientras los ojos de Ana permanecían fijos en el vaso vacío. Parecía tan quebrantada, que le resultó difícil a Sergio seguir ignorándola. Esa noche, él se acostó en su cama, pero no le demostró afecto a su esposa. Ella apenas pudo dormir, escuchándolo respirar, anhelando su toque y alguna evidencia de no haberlo perdido también a él. Sergio se quedó un rato despierto, y cuando ella le tocó una mano con sus dedos, él la apartó. Al sentirlo dormido, ella se volvió hacia él y lo miró, deseando verlo nuevamente feliz, tal y como era antes de que su hijo se fuera. Si él supiera cuánto lo amaba, un amor que había crecido a través de los años con cada pequeño detalle, desde los jazmines robados de un jardín extraño que él le traía, hasta el brillo en sus ojos cuando nacieron cada uno de sus hijos.

Ana pensó en su padre. Cuando se acercaba el momento de su muerte, le hizo prometerle que no permitiría que su nieto se hiciera hombre en Cuba, ni que lo enviaran a la guerra en nombre del comunismo. Hasta sus últimos días, lo vio consternado por la creciente alianza entre Cuba y países del bloque comunista, como China y la Unión Soviética, por las consignas comunistas que emergían por toda la Habana, por la desaparición de la libertad. Ella le hizo una promesa y se la cumplió. Ahora, se prometió a sí misma hacer todo lo que estuviera a su alcance para reunir nuevamente a la familia, pero no en Cuba.

A la mañana siguiente, le dijo a su esposo que se tomaría unas horas libres en su trabajo para ir a la Oficina de Inmigración.

—No te preocupes —dijo ella—. Me ocuparé de todo. Necesito que me creas.

Él la miró con ojos esperanzados y la besó en la mejilla antes de irse. Después de beberse una taza de café con leche y comerse un pedazo de pan duro cubierto con aceite vegetal y sal, se duchó y se puso su mejor vestido. Era de color rosado con una falda fluyente. Llevaba un collar de perlas que su padre le había dado cuando cumplió los dieciocho años, y un par de zapatos de tacón de color beige. Se dejó caer el pelo, se roció un poco de perfume que su hermana le había enviado de España, y se fue a la piquera a tomar un taxi.

En el camino a la Oficina de Inmigración, mientras que observaba a la ciudad que pasaba, a las familias llevando a los niños a la escuela, o a los niños que no eran de edad escolar jugando con sus seres queridos en el parque, Ana seguía diciéndose a sí misma que no podía rendirse. Interrumpiendo sus pensamientos, el taxista le preguntó por qué iba a Inmigración.

—Se trata de mi hijo —respondió ella y miró hacia abajo. El conductor la observó a través del espejo retrovisor, esperando escuchar más, pero cuando ella no le ofreció detalles adicionales, él no insistió.

Al llegar a la Oficina de Inmigración, se colocó al final de la larga cola de personas que esperaban su turno. Después de un rato, un oficial, alto, delgado y con pelo gris, ignorando a todas las demás personas en la línea, se acercó a Ana y le pidió que lo siguiera. La gente susurró cuando ella abandonó su lugar en la fila y siguió al oficial a través de un largo corredor. Al final, había una puerta blanca. Él la abrió, volviéndola a cerrar cuando ella entró a la oficina. Ella tomó asiento frente a un escritorio, y él detrás de éste, recostándose en su silla y entrelazando los dedos.

—¿Cuál es el propósito de tu visita? —preguntó él.

Ana le explicó su caso, mientras que el oficial jugaba con su pluma. Al concluir, le dijo:

—Creo que es muy posible que te pueda ayudar.

—¿Cómo? —preguntó ella.

—Soy un hombre bien conectado, con mucha influencia. Necesito entender tu caso un poco mejor, pero como ves, tengo mucho volumen de trabajo aquí, con tanta gente esperando.

Hizo una pausa y la miró, como tratando de saber cómo reaccionaría a lo que estaba a punto de decir.

—¿Por qué no discutimos esto durante la cena? —agregó él.

—¿Durante la cena? —preguntó ella.

—Sí, en mi apartamento.

—¿Y no puede ser en otro lugar? —preguntó ella.

Él permaneció en silencio por un momento.

—Como te imaginas, no puedo ayudar a todo el mundo, y no me parece adecuado estar en la calle con alguien que se quiere ir del país. Estos son temas muy delicados —dijo él.

—¿Entonces la única manera que puede ayudarme es si me reúno con usted en su apartamento?

—Así es.

La intensidad de su mirada la hizo sentir incómoda. Luego pensó en su hijo. ¿Cómo reaccionaría cuando supiera que no podría ver a su familia por sabía Dios que tiempo? También pensó en su esposo y la esperanza que vio en sus ojos al verla salir de la casa esa mañana.

—Así que si voy a su apartamento... ¿podrá sacar a mi familia de Cuba? —preguntó Ana.

Él asintió.

—Haré todo lo que esté a mi alcance después que hablemos con más calma—respondió él con convicción y procedió a garabatear algo en un pedazo de papel, entregándoselo a ella.

—Ven a esta dirección después de las 6 p.m. —dijo el oficial—. Por cierto, puedes llamarme Ernesto.

Ana salió de la oficina de Inmigración sin saber qué hacer. Después de un breve paseo, decidió tomar un autobús hasta el Parque Copelia, ubicado en el Vedado, cerca de la calle 23 y la avenida L. Una taza de helado le haría bien, ya que no estaba de humor para un almuerzo apropiado. Estuvo en la cola durante un largo rato, distrayéndose al examinar a la gente en la fila, dándose cuenta que estaba demasiado bien vestida para estar allí, ya que la mayoría de las mujeres usaban sandalias and pantalones cortos.

Al llegar su turno, compró una bola de helado de vainilla y se sentó en una silla giratoria al lado del mostrador. Lo tomó lentamente, esperando que cada cucharada de alguna manera la ayudara a aclarar sus pensamientos, pero el lugar estaba lleno y ruidoso. Cuando terminó, numerosos pensamientos estallaron en su mente. Pensó regresar a su casa y olvidarse de todo, pero después de esperar un rato en la parada del autobús, comenzó a caminar hacia el Parque Copelia nuevamente. Paseó allí por un rato, viendo pasar a otras familias, centrando su atención en una pareja con un niño y una niña. Entonces una tristeza inmensa la invadió.

Salió del parque cuando el sol se estaba poniendo en el horizonte y un resplandor de oro bañaba a todos los árboles a su alrededor, pero no antes de utilizar el baño público para lavarse el rostro y refrescarse. Treinta minutos después, se encontró tocando a la puerta de un apartamento en el Vedado. Ernesto abrió, vistiendo una camiseta blanca y un pantalón azul. Brevemente, él la miró con expresión lasciva y la dejó entrar.

—Bienvenida —dijo Ernesto. Luego miró a cada lado del pasillo antes de cerrar la puerta.

Le pidió que sentara en el sofá y ella obedeció, mientras sentía que sus manos se enfriaban. Para distraerse, miró alrededor del apartamento. Era pequeño y estaba amueblado con un sofá de cuero negro y una mesa redonda con dos sillas. Débilmente iluminado por dos lámparas a cada lado, parecía el típico apartamento de un hombre solo, con cuadros de boxeadores y mujeres desnudas en poses sugerentes.

—Me alegro que hayas podido venir —dijo él—. Te traeré un trago.

—No vine aquí a beber —respondió ella fríamente.

—Es solo un poco de ron con ponche —dijo él frotándose la barbilla—. Vamos, lo hice especialmente para ti.

Ella lo pensó. Tal vez una bebida le quitaría un poco el nerviosismo, pero no tuvo la oportunidad de decir nada, ya que Ernesto caminó hacia la parte trasera del apartamento y regresó con dos vasos.

Ernesto le ofreció uno, se sentó a su lado y bebió un sorbo de su copa.

—Por favor, bebe —dijo Ernesto—. Espero que no sea demasiado dulce.

Ella obedeció. Era dulce, frío y no muy fuerte. De hecho, ella lo encontró refrescante. Tenía sed de la larga caminata, así que se lo bebió rápidamente, y luego colocó el vaso sobre la mesa.

Él la había estado mirando beber con una sonrisa en su rostro—. ¿Te gustaría otro? —preguntó.

—No, uno es suficiente —dijo ella—. Mira, no estaré aquí por mucho rato. Solo vine para que hablemos.

Él no dijo nada, solo la miró, sus ojos enfocados en su pecho.

—Eres muy hermosa —dijo él deslizando los dedos sobre su brazo desnudo—. Y creo que podemos ayudarnos el uno al otro.

Ella se levantó abruptamente, dándose cuenta de que algo no estaba bien.

—No me siento bien —dijo ella agarrándose al sofá. Se sintió débil y la habitación le daba vueltas. Sus ojos inquisitivos trataron de encontrar los de él. Entonces los recuerdos confusos se revolvieron en su cabeza: él tocándola debajo de su vestido, ella tratando de luchar pero sin encontrar la fuerza. Recordó que arrastraba sus palabras pidiéndole que se detuviera, pero luego sus ojos se cerraron. Al abrirlos de nuevo, lo sintió dentro de ella. No podía hablar ni moverse pues tenía un pañuelo dentro de su boca y sus manos estaban atadas a los rieles de la cama. Ella se sentía como si se estuviese mirando desde fuera de su propio cuerpo. Recordó las manos de Ernesto ascendiendo desde sus codos a sus hombros, y luego apretándole los senos. No pudo recordar nada más.

Cuando despertó, lo vio sentado en una silla cerca de la cama en ropa interior, mirándola. Ella ahora tenía las manos libres, pero le dolían las muñecas, y cuando intentó masajearlas, notó que estaba desnuda. Se cubrió con las sábanas, y cuando su estado de alerta fue recuperado, sintió la humedad entre sus piernas y el dolor. Una vez más, los recuerdos borrosos de lo ocurrido fueron emergiendo, entrecortados, dispersos.

—¿Qué pasó? —preguntó ella—. ¿Qué hiciste?

Cuando él no respondió, ella cerró los ojos y se frotó la frente.

—Me duele la cabeza —dijo.

—Fue solo un trago —respondió Ernesto.

—¿Qué le echaste?

—Nada —dijo Ernesto—. Comenzaste a quitarte la ropa, y bueno, que esperaras que hiciera.

—¿Dónde está mi ropa? —gritó ella.

83

—No levantes la voz. No te ayudará.

—¡Dame mi ropa, hijo de puta! —gritó ella.

—No tienes que portarte tan mal conmigo.

Él recogió la ropa de ella del piso y la tiró sobre la cama.

—Te dije que podía ayudarte, pero todo tiene un precio —dijo Ernesto con un tono apático que la perturbó.

Nunca Ana había conocido a alguien que llevara tanta oscuridad por dentro. Ahora todo lo que valoraba sobre si misma se había hecho añicos. Qué poco sabía del mundo. Su padre la había mimado hasta el final y luego su esposo la trató como su posesión más preciada, como un pedazo de cristal fino, acentuando el concepto idílico que tenía sobre la vida y los seres humanos. Además, hasta ahora, su esposo había sido el único hombre en su vida. En un día, Ernesto había destruido todo lo que ella apreciaba. Sus manos se habían vuelto heladas de nuevo. Miró alrededor de la habitación tratando de encontrar un reloj, preguntándose cuánto tiempo había estado dormida.

—¿Puedes irte, así me puedo vestir?

—No hay nada que no haya visto —respondió Ernesto—. No tienes que ser tan tímida.

Ella tomó su blúmer y comenzó a vestirse debajo de las sábanas.

—Vamos —dijo Ernesto—. No debes ser tan grosera.

Él le quitó las sábanas de encima, y la ropa de ella cayó al suelo.

—Me gustas más así —dijo Ernesto.

Vestida solo en su blúmer, ella saltó de la cama y recogió su ropa. Después de abrocharse el ajustador, Ernesto se le acercó. Ella retrocedió hasta llegar a la pared, y mientras trataba de escapar de sus manos, él le agarró los senos.

—¡No me toques! —gritó ella, luchando contra él hasta que logró liberarse y alejarse—. ¡Eres un asqueroso!

Ernesto sonrió pero no la persiguió.

—No tienes que estar tan enojada conmigo, mamita.

Ella recogió su vestido y se lo puso rápidamente.

—No debería haber venido —dijo—. ¿Es esto lo que haces? ¿Y crees que esto te hace más hombre? Todo este tiempo, no tenías ningún plan de ayudar a mi familia, ¿verdad? ¡Todo esto es una gran broma para ti!

Él sonrió.

—Pero tengo toda la intención de ayudarte, mamita —dijo, bloqueando la puerta y mirándola de arriba abajo.

—Venir aquí fue un horrible error —declaró ella.

Ernesto respondió con una risa burlona.

—¿Error? Esto no es un error. Sabías lo que sucedería, pero no me malinterpretes. No me estoy quejando.

Mientras que Ernesto más hablaba, más se enojaba ella.

—Te denunciaré —dijo, ahogándose en lágrimas.

—¿Denunciarme? —preguntó Ernesto, riéndose con sarcasmo—. ¿A quién crees que van a creer, a ti, una mugrosa gusana, una traidora al país, o a mí? Eres todo lo que este gobierno odia.

Ella lo miró, rechazando todo lo que él representaba, y dándose cuenta de la validez de sus palabras.

—Tengo que regresar a casa —dijo.

Riéndose, Ernesto se apartó de su camino.

—No te preocupes por nada, y recuerda que estas cosas toman tiempo, mi amor. Vuelve este fin de semana y te daré una actualización de tu caso. Realmente no crees que una sola vez sea suficiente para compensar un favor tan grande, ¿verdad?

Ana agarró su bolso y salió corriendo del dormitorio y del apartamento. Riéndose, él la vio marcharse Estaba oscuro cuando salió a la calle, y la mayoría de la gente estaba dentro de sus casas. La calle olía a jazmines y a café, pero ella apestaba a aquel hombre. La idea de aquellas manos sobre su cuerpo la enfermaba. ¿Y ahora qué? Al darse cuenta que no debía regresar a casa en su condición, Ana decidió ir primero a casa de su madre. Mientras estaba parada en el atestado autobús, agarrándose a una barra de metal, sintió los ojos de la gente enterrándose en ella. Creía que los otros pasajeros tenían que haberse dado cuenta de su cabello desordenado, del olor a sudor y a sexo emanando de ella, de la vergüenza en sus ojos. La idea de ocultar a su marido lo que le había sucedido la aterraba, pero lo último que necesitaba era un enfrentamiento entre Ernesto y él. Si su marido llegaba a saberlo, podría matar a Ernesto y terminaría en la cárcel o al frente del paredón.

No sabía qué hora era cuando finalmente llegó al departamento de su madre. Era tarde, y ella usó su llave para entrar, pensando que su madre y su tía dormían, pero las encontró viendo la televisión, con las luces apagadas. Cuando ellas la abrazaron y la besaron frente al brillo del televisor, concentró todas sus fuerzas en aguantar sus lágrimas. Las hermanas estaban viendo la película "Los caballeros las prefieren rubias", en blanco y negro. Después de bajar el volumen, ellas inundaron a Ana de preguntas sobre su viaje a Inmigración. También querían saber por qué había llegado tan tarde. Su esposo había pasado por allí, muy preocupado, al ver que ella no llegaba.

Ana no les contó mucho sobre su viaje a Inmigración, sólo que había sido un viaje infructuoso. Les dijo que después había ido a la casa de una amiga, y que en el camino la sorprendió el periodo, por lo que quería ducharse antes de irse a casa. Sin sospechar nada, su tía abrió un paquete de blúmeres que había recibido de los Estados Unidos y le entregó uno. Ana entró en la bañera y mientras el agua caía sobre su cuerpo, se frotó vigorosamente con una pequeña toalla, hasta sentir dolor. Cuanto más se frotaba la piel, más enojada se ponía, hasta que estalló en sollozos. Lloró silenciosamente por un largo tiempo, hasta que sus lágrimas dejaron de fluir. Terminó de bañarse y se paró frente al espejo, notando que su cara estaba enrojecida, por lo que se aplicó maquillaje para recuperar su color. Cuando se estaba vistiendo se fue la electricidad y se quedó en medio del baño en una oscuridad total.

—Ana, ¿estás bien? —preguntó su tía desde el otro lado de la puerta, donde acababa de prender una vela.

—Sí —respondió.

—Aquí hay una linterna que puedes usar — dijo su tía.

CAPÍTULO 8

Con la ayuda de la linterna, Ana terminó de vestirse y enseguida se despidió. Las calles estaban oscuras, con sólo luces de lámparas de queroseno que iluminaban los portales de algunas casas en su camino. Podía escuchar las voces de los vecinos que se habían reunido en aquellos portales o balcones para conversar, pero no la podían ver. Era mejor así, en un momento en que ella hubiera querido desaparecer de la faz de la tierra.

Su esposo todavía estaba despierto cuando ella llegó. Él y Amanda estaban sentados en los sillones del portal, acompañados por la tenue luz de una vela. Él enseguida la inundó con preguntas, a las que ella respondió con las explicaciones que había fabricado durante el camino. Se alegró de que él no pudiera ver su rostro mientras respondía.

—¿Crees que haya alguna esperanza? —preguntó Sergio.

—Por supuesto que sí —le aseguró ella y lo besó en la mejilla—. No te preocupes. Me ocuparé de todo.

Pero ella no había hablado con la convicción de ocasiones anteriores. Él le apretó la mano, provocando que ella se preguntara si él habría notado lo fría que estaba.

—Vamos —dijo él—. Siéntate a mi lado.

Ella se sentó en un sillón junto a su esposo e hija, y los tres se quedaron allí por un tiempo. Cuando se hizo evidente que la electricidad no regresaría esa noche, él sugirió que se fueran a la cama. Al encontrarse solos, él la tomó en sus brazos.

—Perdona haber estado enojado contigo —dijo él—. Te extrañé.

CAPÍTULO 8

—Y yo también a ti —dijo ella, con una voz apagada.

Esa noche él le hizo el amor con la desesperación de un amante, y aunque ella no sentía nada, no podía delatarse. Tenía que hacerle creer que todavía estaba viva, cuando en realidad se sentía muerta por dentro; por lo que gimió, enterró sus dedos en su piel, y fingió su desesperación por él, mientras trataba de convencerse de que la vida todavía valía la pena. Más tarde, después de gritar en éxtasis, se preguntó cómo podría ocultar lo que había ocurrido.

Antes de quedarse dormido, él le volvió a preguntar: —¿Estás segura de que tus planes funcionarán?

—Eso espero—dijo ella, mirando fijamente hacia el techo—. Haré todo lo que sea necesario.

CAPÍTULO 9

Una noche, Arturo y Martica estaban mirando las noticias, cuando de repente, él se levantó del sofá.

—No soporto ver toda a esta gente protestando contra la guerra —dijo Arturo, colocándose frente a Martica. Luego, mientras señalaba hacia ella con el dedo índice, agregó:

—¿Sabes quién tiene la culpa de lo que está pasando en este país?

Ella movió la cabeza de un lado a otro, lentamente, con una mirada vacía.

—¡Son los comunistas! —dijo Arturo, levantando las manos en el aire con ira y tensando su cuerpo—. Tenemos que tener cuidado, ¿sabes? O pronto, tendremos a otro Castro en la Casa Blanca.

La guerra de Vietnam y las protestas por todo el país polarizaban las noticias. El país estaba dividido entre La nueva derecha, que favorecía a los valores conservadores y de familia, y los de la izquierda, quienes luchaban por la igualdad y en contra de la guerra. Arturo había experimentado esta división dentro de su propio hogar, luego de que su hija marchara en Nueva York en una protesta contra la guerra (a fines de la década del 1960), otra razón por su profunda decepción.

Desde el comedor, donde Rodolfo estudiaba, podía escuchar a su tío comentando de las noticias de actualidad, mientras los anuncios las interrumpían. Al final de un acalorado monólogo, Arturo avanzó hacia el televisor y lo apagó.

—¡Basta! —gritó—. Me niego a ver a estos comunistas tratando de destruir al país.

Luego, Arturo pasó como un rayo por el comedor sin decir una palabra, y momentos después, Rodolfo lo escuchó cerrar una puerta. Martica se quedó en la sala hasta que se aburrió. Entonces se levantó del sofá y fue hasta el comedor.

—No sé por qué mira las noticias —le susurró a Rodolfo—. Lo afectan demasiado.

Rodolfo sonrió, pero antes de responderle, escuchó el teléfono sonar. Martica corrió hacia él y, después de un amistoso saludo, permaneció en silencio por un tiempo.

—¡Oh, no! —dijo Martica finalmente, seguida de otro silencio largo y un poco después: —¡Dios mío! Lo siento mucho. Se lo diré.

Cuando la llamada concluyó, Martica miró a Rodolfo sin decirle nada.

—¿Está todo bien? —preguntó Rodolfo sin levantar los ojos de su trabajo.

—Sí —respondió Martica, de manera poco convincente—. Pero mejor te dejo tranquilo para que estudies.

Seguidamente, sin esperar por su respuesta, desapareció en la parte trasera de la casa.

Rodolfo aún estaba trabajando en su tarea, con sus libros esparcidos sobre la mesa del comedor, cuando Martica y Arturo reaparecieron, se sentaron frente a él y esperaron por su atención. Al notar su presencia, Rodolfo colocó su pluma en la mesa y los miró.

—¿Pasó algo? —preguntó Rodolfo.

—Tenemos que hablar —dijo su tío.

Rodolfo giró su cabeza hacia su tía y notó su cara enrojecida y sus pestañas agrupadas. En ese momento, Arturo le dio unas palmaditas a Martica en la espalda.

—¿Qué pasa? —preguntó Rodolfo.

—Tenemos algo importante que decirte —dijo Arturo—. Se trata de tus padres.

—¿Están bien?

—Sí —respondió Arturo—. Pero déjame ir al grano. Martica y yo queríamos sorprenderte. Ya había reunido el dinero para las visas, había pagado por el abogado y los trámites. Hasta envié las visas a La Habana, pero hoy recibimos una llamada de tu mamá.

Rodolfo miró a su tío con el ceño fruncido, mientras Arturo respiraba profundamente.

—¡Ese hijo de puta! —gritó Arturo y golpeó la mesa con los puños.

—¿Quién? —preguntó Rodolfo.

—Fidel Castro. ¿Quién va a ser? —respondió Arturo.

—¿Qué hizo? —preguntó Rodolfo.

—Hijo, tus padres no podrán salir de Cuba —explicó Arturo—. Castro no les permitirá ni a ellos ni a nadie más irse del país.

—¿Pero por qué? ¿Qué le importa quién se queda o quién se va?

—No sé por qué lo hizo. Tal vez, a la velocidad que la gente se estaba yendo de Cuba, no faltaba mucho tiempo antes que todo el país estuviese en Miami. ¿Quién sabe?

Rodolfo permaneció en silencio, pero éste fue interrumpido por el estallido emocional de Martica.

—No es justo —declaró ella con la voz agrietada y atrapada en la garganta—. No es justo separar a los hijos de sus padres. Lo siento mucho sobrino.

—Martica, deja de llorar —dijo su esposo.

Rodolfo miró hacia abajo, estirando cada uno de sus dedos hacia atrás, mientras muchos pensamientos corrían por su mente.

—Tengo que dar una vuelta —dijo el joven, levantándose de su silla—. Regreso más tarde.

Su tía intentó ir tras él, pero Arturo la agarró por el brazo.

—Déjalo tranquilo, Martica —le pidió.

***

Era una noche oscura. Al principio, Rodolfo no sabía adónde ir, pero necesitaba alejarse de la casa y respirar un poco de aire fresco.

El barrio de La Pequeña Habana, cómo la gente llamaba a esa zona, parecía más acogedor de noche. Era un lugar con su propio ritmo y alma. Aquellos que se fueron de Cuba para venir aquí, lo habían impregnado con un sabor que no se encontraba en ningún otro lugar del mundo. Allí Rodolfo podía tomarse un café con leche, lo mismo que comerse un pastel de guayaba, o disfrutar de un helado de coco. También podía observar a exiliados cubanos jugando dominó en un parque, y recordar a Cuba en una cafetería, todo esto dentro de un tramo de una milla.

CAPÍTULO 9

Rodolfo pasó por varias casas, muchas con pequeños portales, algunas con techos en forma de V y otras con techos planos. Mientras caminaba pensaba en los sueños que ahora tendrían que detenerse, ya que muchas veces recorrió esas calles con la esperanza de algún día ver a sus padres en una de aquellas casitas. Por el camino, notó a algunas personas en sus portales hablando en español, pero a diferencia de Cuba, apenas conocía a sus vecinos. Con la excepción de algunos amigos que Martica había hecho a través de los años, todos se preocupaban por sus propios asuntos y se enfocaban en sus propias familias, tan diferente a Cuba, donde todos conocían los asuntos de los demás. Eso lo hacía sentirse solo a veces, pero nunca más que en este momento.

Los exiliados cubanos que residían en La Pequeña Habana habían implantado un recuerdo de Cuba en cada esquina: una estatua de la Virgen de la Caridad en un jardín, un poste con una bandera cubana, palmas reales y árboles de framboyán. Era como si muchos hubiesen llegado a la conclusión que nunca regresarían.

Luego de aclararse un poco la mente, Rodolfo pensó en Lissy. Consultó su reloj bajo una farola, y al ver que eran las 8:30, sin pensarlo mucho, comenzó a caminar en dirección a la casa de su amiga. Cuando llegó, las luces del portal estaban apagadas, pero podía ver movimiento dentro de la casa. Presionó el timbre y esperó.

Unos minutos más tarde, Sara abrió la puerta.

—Hola —dijo Sara con una sonrisa amistosa—. ¡Qué sorpresa! Lissy no dijo que vendrías, pero por favor, entra.

94

—No le dije que venía —respondió Rodolfo—. Solo necesito hablar con ella por un momento, y si no le importa, preferiría quedarme en el portal.

—¿Está todo bien? —preguntó Sara.

Rodolfo vaciló por un momento.

—Sí. Todo está bien —respondió.

—Siéntate en uno de esos sillones y le avisaré que estás aquí.

Un par de minutos más tarde, las luces del portal se encendieron y apareció Lissy. Su madre se quedó junto a la puerta, preocupada por los adolescentes. Cuando su hija lo notó, giró la cabeza hacia ella y le dijo:

—Estamos bien, mamá.

—Bueno, estaré dentro si necesitan algo —dijo Sara.

Sara entró a la casa, dejando la puerta abierta, pero Lissy la haló suavemente hacia ella, dejando solo una pequeña apertura. Luego, se volvió hacia Rodolfo y le susurró:

—Ella siempre está escuchando mis conversaciones.

Rodolfo forzó una sonrisa

—¿Estás bien? —preguntó Lissy, como si notara su expresión sombría.

Rodolfo sacudió la cabeza en un gesto negativo, por lo que ella empujó uno de los sillones cerca del de Rodolfo y se sentó al lado de él.

—¿Qué pasó? —preguntó ella.

Rodolfo se quedó en silencio por un momento, hasta que finalmente respondió:

—Se trata de mis padres.

—¿Están bien? —preguntó Lissy.

Mientras que Rodolfo le explicaba lo que había ocurrido, Lissy se tapaba la boca con una mano, y luego dijo:

—¡Dios mío!

—Mi papá debe estar muy enojado con todo esto —respondió Rodolfo—. Después de todo, no quería que me fuera, y ahora....

Rodolfo respiró hondo, y Lissy se levantó de su sillón, lo empujó hacia un lado y agarró las manos de Rodolfo.

—Ven aquí —dijo ella, haciendo que se levantara de su asiento—. Vamos al parque, para que hablemos con más privacidad.

Rodolfo la siguió hacia la calle, y comenzaron a alejarse de la casa en dirección a la Avenida 13.

—Las cosas cambiarán —dijo ella—. No te preocupes.

Rodolfo no respondió, y ella, para distraerlo, comenzó a hablar de una variedad de temas. Aunque él actuaba como si estuviera prestándole atención, su mente vagaba a otro lugar. Luego de caminar por un rato, llegaron a un parque de varias cuadras de largo, con alguna que otra persona paseando debajo de la frondosidad de sus árboles de ceiba. Las hileras de casas se encontraban al frente de la calle, en ambos lados del parque.

—¿Has estado aquí antes? —preguntó ella mientras caminaban. Rodolfo movió la cabeza en sentido negativo—. Me encanta este parque. Mi madre me traía aquí cuando era niña. Me trae muchos recuerdos de mi infancia.

—Lamento no ser el mejor acompañante esta noche —dijo Rodolfo—. No esperaba esto. No es que esté preocupado por mí, ya soy hombre y puedo cuidar de mí mismo, pero me preocupa mi familia.

—¿Por qué? —preguntó Lissy.

—Mi mamá actúa como si fuera muy fuerte, como si nada pudiera detenerla, pero en el fondo, es débil. También me imagino la reacción de mi papá. Podrían pasar años antes que los vuelva a ver.

—Al menos eso es mejor que nunca tener la posibilidad de verlos —dijo ella.

—¿Qué quieres decir con eso? —preguntó Rodolfo un poco confundido por su respuesta.

Lissy miró hacia abajo y se puso pensativa. Después de un momento de reflexión, levantó la cabeza y miró a Rodolfo.

—¿Quieres saber lo qué le pasó a mi padre? —preguntó ella.

Rodolfo la miró con una expresión perpleja, pero permaneció en silencio.

—Creo que es hora de decírtelo —dijo ella—. Vamos a sentarnos primero. Me duelen los pies de tanto caminar.

Él la siguió hasta un banco y se sentó junto a ella. En ese momento, un anciano pasó frente a ellos, tirando de un perrito terrier blanco, y les dio buenas noches. Lissy y Rodolfo le devolvieron el saludo y esperaron que se alejara, antes de continuar su conversación.

—Era solo una niña cuando unos guardias armados vinieron a mi casa y se llevaron a mi papá como a un delincuente común —dijo Lissy. Miró al cielo por un momento, y luego sus ojos se enfocaron en Rodolfo—. Pero mi padre no era ningún criminal. Su único crimen era que no estaba de acuerdo con el gobierno de Castro y con lo que éste le estaba haciendo al país.

Se detuvo por un momento, y sus ojos se llenaron de lágrimas mientras inclinaba ligeramente la cabeza.

—¿Y sabes lo que pasó? —preguntó ella—. Nunca lo volví a ver. Bueno, no vivo. Unos días después, cuando mamá pensó que yo estaba durmiendo, desde mi habitación, la escuché llorar y gritar. Abrí la puerta en el momento en que sucedió. Lo habían puesto frente a una pared y le dispararon a la cabeza frente a las cámaras de la televisión. Entonces vi cuando su cuerpo cayó al suelo.

Se atragantó al decir las últimas palabras y comenzó a sollozar. Rodolfo se sentó más cerca de ella y la abrazó.

—Lo siento mucho, Lissy—dijo Rodolfo—. No me puedo ni imaginar lo que debes haber pasado.

Rodolfo le acarició suavemente la espalda.

—Vamos —dijo Rodolfo—. No llores.

Ella inclinó la cabeza mientras sus lágrimas seguían cayendo, haciéndolo sentir impotente. La revelación de Lissy hizo que la apreciara más que nunca. Qué carga llevaría ella todos esos años. Ahora entendía, con más claridad, por qué su madre lo había sacado de Cuba. Mientras estaba absorto en sus pensamientos, seguía acariciando a Lissy. Por un momento, pensó en besarla, esperando que esto le quitara su tristeza, pero cuando los recuerdos de la noche de la boda regresaron, se contuvo.

Después de un rato, ella dejó de llorar y respiró hondo, y él retiró su brazo de los hombros de Lissy.

—Lo siento —dijo ella mirándolo a los ojos—. Es por eso que no me gusta hablar sobre mi papá o sobre Cuba. Me altera mucho. No fue mi intención aminorar tu dolor contándote mi historia.

Lissy hizo una pausa breve y tomó la mano de Rodolfo.

—Mi madre me dice que la esperanza es lo último que se pierde. ¿Quién sabe? Tal vez algún día saquen a Castro del poder y puedas visitar a tus padres.

Rodolfo la miró, pero no dijo nada, y su mano permaneció entre las de ella por un momento, hasta que Lissy la liberara, lo que provocó que Rodolfo se estirara los dedos nerviosamente.

—Tenemos que regresar —dijo ella—. Mamá estará preocupada y enojada. No le dije que iba a salir. Además, ella siempre me dice: —No vayas a ningún lado sola con un muchacho. Las chicas decentes no deben hacer eso.

Dijo las últimas dos frases imitando burlonamente a su madre. Rodolfo soltó una risita.

—Suenas igualita que ella, pero tiene razón. Eres demasiado ingenua y alguien se puede aprovechar de ti.

—No me digas que tú eres uno de esos muchachos aprovechados —dijo ella cruzándose de brazos—. Además, puedo cuidarme a mí misma.

—¡Guau! ¡Cómo me asustas! —dijo él con una risa burladora.

Ella le dio un empujoncito, seguido por:

—¡Oye, deja de burlarte de mí!

Sus risas llenaron las calles vacías. Luego, mientras regresaban, Rodolfo se sintió aliviado y agradecido por tener a Lissy de amiga. Su fortaleza frente a la adversidad le daba fuerza.

CAPÍTULO 9

Cuando él y Lissy llegaron a la casa, Sara estaba en el portal, inclinándose sobre la pared alta que la separaba de la calle.

—¡Lissy, me tenías preocupada! —dijo Sara frenéticamente—. ¿Dónde estabas? ¿Por qué no dijiste que te ibas?

Lissy se disculpó y miró hacia abajo.

—Hablaremos de eso más tarde —dijo Sara. Entonces sus ojos se enfocaron en Rodolfo—. Mijo, tu tía llamó hace unos minutos. Tienes que ir a casa de inmediato. Es urgente.

—¿Qué pasó? —preguntó Rodolfo.

—Es tu tío —dijo Sara—. Tu tía llamó a la ambulancia.

—¿La ambulancia? —preguntó Rodolfo—. ¿Por qué?

—Tu tía estaba hablando demasiado rápido y era difícil entenderla, pero creo que mencionó algo relacionado con su corazón.

Lissy y Rodolfo intercambiaron miradas.

—¿Puedo ir con él, mamá? —preguntó Lissy.

—¡No, no puedes! —dijo Sara—. Mañana es día de escuela.

—¡Pero mamá! —protestó Lissy.

—No te preocupes, Lissy —dijo Rodolfo—. Te llamaré más tarde, o mejor hablamos mañana.

Se despidió de Lissy y de su madre.

—Por favor déjanos saber cómo sigue y si necesitas algo —dijo Sara.

Momentos después, Rodolfo se apresuró a su casa y llegó cuando los paramédicos sacaban a su tío en una camilla. Al ver a Rodolfo, Martica corrió hacia él y lo abrazó.

—¡Ay qué bueno que llegaste! —dijo ella.

Arturo apenas se movía y tenía el rostro sudoroso y rojo. Antes que los paramédicos entraran la camilla dentro de la ambulancia, Martica le dio un beso y le susurró algo al oído.

—¿Qué pasó? —preguntó Rodolfo, luego que los paramédicos cerraran las puertas de la ambulancia.

—Te lo explicaré en camino al hospital. Es mejor que sigamos a la ambulancia. Al principio, yo quería ir con él, pero los paramédicos me sugirieron que manejara. Pero estoy tan nerviosa, que no puedo conducir.

—Puedo manejar, Tía Martica —dijo Rodolfo.

—¿Sabes cómo? —preguntó ella.

—Sí, tío me ha dado algunas lecciones, y tengo mi licencia restringida. ¿Adónde lo llevan?

—A Jackson Memorial. Aquí está la llave —dijo ella.

En el camino al hospital, Martica estaba inconsolable.

—Pero tía, ¿qué pasó? —preguntó Rodolfo, mirando hacia la carretera, con ambas manos en el volante—. Él estaba bien cuando me fui. No entiendo lo que le pueda haber pasado.

Luego de un rato, Martica dejó de llorar y comenzó a describir lo sucedido.

—No estaba bien —dijo ella y respiró hondo—. Todo era un acto. Sabes cómo es él, haciéndose el fuerte, pero realmente no es la persona que aparenta ser. Se preocupa demasiado. Ese es su problema. También hay cosas por las que él ha pasado que tú no sabes, y prefiero no decírtelas. Esas cosas ayudaron a convertirlo en lo que es. Además, su constante preocupación por el dinero... Le dije que yo podía conseguir un trabajo. Él no lo permitirá, por lo que intenta ahorrar cada centavo. Después de haber gastado tanto dinero para el abogado y las visas, el saber que su hermana y su familia no podrán irse de Cuba le hizo mucho daño. Le molesta haber desperdiciado dinero que podría haber dedicado a tu educación. Estaba tan enojado. Y luego, el hecho de no poder ayudar a su hermana... Es demasiado para él.

—Tía, él no necesita preocuparse tanto. Prometo pagar cada centavo que gastó en mis padres y en mí.

—No es eso —dijo ella—. Arturo quiere resolverlo todo y no le gusta pedirle ayuda a nadie. Él es tan terco cómo lo era tu abuelo, que en paz descanse. ¡Tengo tanto miedo! Si algo le sucede a Arturo, no sé qué haría.

—No le pasará nada. Estoy seguro. Pero ¿qué síntomas tenia?

—Le faltaba el aire y tenía dolor de pecho. Pensé que le estaba dando un ataque al corazón, así que llamé a la ambulancia y luego a Clarita, ya que ella entiende de estas cosas. Ella también piensa que es el corazón. Yo me asombro. Arturo y Clarita discuten tanto... por boberías, pero cuando le conté a ella lo que estaba pasando, se puso a llorar. Son más parecidos de lo que piensan. Ella me dijo que tomaría un vuelo por la mañana temprano.

—Yo puedo dormir en el sofá, para que ella se quede en mi habitación —dijo Rodolfo.

—No tienes que hacer eso.

—Así está más cómoda —dijo Rodolfo.

En vez de contradecirlo, Martica cambió el tema.

—Con todo lo que ha pasado, no te pregunté cómo te estabas. ¿Dónde fuiste? Me tenías asustada —dijo Martica.

Rodolfo hizo un gesto negativo con la cabeza.

—No te preocupes por mí, tía. No estaba de buen humor y necesitaba caminar. Entonces, pasé por casa de Lissy por un rato.

—¿Están ustedes dos...?—preguntó Martica abriendo los ojos.

—No, solo somos buenos amigos —dijo Rodolfo.

—Me debo estar poniendo vieja, porque ya no entiendo a los jóvenes de hoy. Lissy es una buena muchacha. Me cae muy bien.

—Lo sé —respondió Rodolfo—. Pero mi vida está un poco complicada entre la escuela, mi trabajo y el aprender inglés.

Martica arqueó las cejas, como si la madurez y la convicción en sus palabras la hubieran impresionado.

—Rodolfo, en cuanto a tus padres —dijo ella. —. Sabes que puedes quedarte en nuestra casa todo el tiempo que necesites. No te preocupes. Te ayudaremos con los gastos de la universidad.

—No tía. Tengo un trabajo. Además, Lissy me dice que puedo solicitar ayuda financiera. No quiero ser una carga para ustedes. Tú y tío necesitan ocuparse de ustedes mismos. Es suficiente que me estén dando un lugar para vivir.

—Eres tan testarudo como tu tío —dijo ella.

Rodolfo sonrió y por el resto del camino habló con ella sobre los planes que tenía después que terminara la escuela secundaria. Un compañero de clase le dijo que necesitaba inscribirse en el servicio militar y solicitar un aplazamiento educativo. A Rodolfo no le molestaba ir a Vietnam, pero deseaba terminar su educación antes de su despliegue. Martica estuvo de acuerdo.

—No quisiera que fueras a la guerra —dijo ella—. He llegado a quererte como a un hijo, y no quiero que te pase nada.

Martica le dio unas palmaditas en el hombro con cariño, y él respondió con una sonrisa mientras se enfocaba en el tráfico.

Después que llegaron al Hospital Jackson Memorial, tomó casi dos horas antes que se le permitiera a Martica visitar a Arturo. El médico vino a hablar con ella un poco después y le confirmó que Arturo había sufrido un leve ataque cardíaco. Después de eso, ella se negó a apartarse de su lado, incluso cuando los médicos lo transfirieran a la unidad de cuidados intensivos, donde una enfermera le aseguró que Arturo recibiría la mejor atención. Pero Martica había visto el miedo en los ojos de su esposo cuando él miraba nerviosamente alrededor de la habitación y a todo el equipo conectado a él. Nadie la convencería de irse a casa esa noche y dejarlo cuando Arturo más la necesitaba.

Rodolfo logró entrar a la habitación de Arturo por un rato, pero después de la medianoche, a pesar de la preocupación de Martica que Rodolfo pudiera ser detenido por la policía por conducir tan tarde, con una licencia restringida, ella le pidió al joven que regresara a casa y durmiera por un rato. Necesitaba recoger a su prima en el aeropuerto unas horas después.

CAPÍTULO 10

El letrero que Rodolfo llevaba con el nombre de su prima Clara, lo ayudó a encontrarla entre la multitud que esperaba la llegada de familiares y amigos. Cuando ella corrió hacia él con una gran sonrisa, vestida con unos pitusas azules y una camiseta negra, él no encontró el parecido a la fotografía de ella que había visto en su habitación, especialmente por su cabello, ahora de color rubio, y sujeto en un rabo de mula. Sus ojos marrones se parecían a los de su padre, y no solo era más alta que su madre, sino que tenía un cuerpo delgado, como los de las mujeres que corrían en el Parque Central de la ciudad de Nueva York.

—Tú debes ser mi primo Rodolfo —dijo ella alegremente, y cuando él asintió, ella colocó su equipaje en el suelo y le dio un abrazo amistoso, como si lo hubiese conocido toda una vida.

—¡Guau! —dijo ella, mirándolo con asombro—. Mamá me dijo que te parecías a mi hermano, pero nunca pensé... Dios mío. El parecido es increíble.

CAPÍTULO 10

Él la miró con ojos inquisitivos.

—¿Tienes un hermano?

Clara hizo un gesto negativo con la cabeza.

—Falleció hace unos años —dijo ella.

—Lo siento —dijo Rodolfo—. No lo sabía. ¿Cuántos años tenía?

—Cerca de tu edad.

Rodolfo recogió la pequeña maleta que su prima había dejado en el suelo, y comenzaron a caminar lentamente hacia la salida. Estaba confundido. En todo el tiempo que había vivido en aquella casa, ni Martica ni Arturo habían hablado sobre su hijo.

—La muerte de mi hermano golpeó a papá muy duro. Él era su hijo favorito, su orgullo y alegría... Pero bueno, vamos a hablar del presente. ¿Cómo está papá? —preguntó ella.

—Está estable. ¿Quieres que te lleve a la casa primero? —preguntó Rodolfo.

—No —dijo ella—. Vamos directamente al hospital. Quiero ver a Papá.

Momentos después, cuando Rodolfo conducía al hospital en medio de un fuerte tráfico, notó la mirada pensativa de su prima, que observaba constantemente el pasar de la gente.

—Extraño mucho a este lugar —dijo ella—. Esta es mi gente, ¿sabes? Nueva York es muy diferente. Me encanta esa ciudad, pero hay algo en Miami que no puedo explicar. Puede ser que me sienta más cerca de mis raíces aquí.

—No he estado en Nueva York, pero he oído que hay muchos más cubanos en Miami que allí. Echas de menos a este lugar porque Miami es tu hogar.

106

CAPÍTULO 10

—Hablando del hogar, me enteré de lo que sucedió a tus padres, y lo lamento mucho. Me imagino cuánto los extrañas. ¿Le echas de menos a Cuba?

Rodolfo respiró hondo y le dijo:

—Clara, ¿verdad?

Él la miró por un breve momento y ella asintió con la cabeza. Entonces los ojos de él se enfocaron de nuevo en la carretera.

—Déjame explicarte—dijo Rodolfo—. Es complicado. No me gusta pensar en esas cosas. No voy a decirte que no le echo de menos a mis padres o a Cuba, pero prefiero vivir en el presente y pensar en el futuro.

—Un mecanismo defensivo —concluyó ella.

—¿Defensivo? ¿Contra qué?

—Tus verdaderos sentimientos —respondió ella.

Rodolfo sonrió.

—Ya veo lo que estás tratando de hacer, prima, pero te aseguro que no va a funcionar. Puede que no sea tan reservado como mi tío Arturo, quien, por cierto, no quiere ni que lo llame tío, pero soy un hombre. Los hombres manejan las situaciones tal y como vienen, y no se andan lamentando tanto como las mujeres.

Clara le dirigió de sonrisa burlona.

—¿Quién te enseñó eso, tu papá?

—Así es —dijo Rodolfo, mientras movía su cabeza en un gesto afirmativo.

Clara comenzó a reírse de nuevo.

—Me caes bien —dijo ella, metiéndose un mechón de cabello suelto detrás de la oreja.

—Ahora me doy cuenta por qué mi papá no quiere acercarse a ti.

CAPÍTULO 10

—Oye Clara, parece que te gusta la Psicología —dijo Rodolfo—. ¿Estás segura que la enfermería es tu verdadera vocación?

—Si supieras, no eres el único que me ha acusado de analizar a la gente. Volvía loco a mi padre.

—No lo dudo, pero dime. ¿Por qué es que tu papá no quiere acercarse a mí? ¿Acaso soy mala gente o qué? —preguntó Rodolfo.

—No bobo, no es que seas mala gente. Es por lo que te pareces a mi hermano. Perderlo fue la prueba más dura que mi papá tuvo que enfrentar desde que salió de Cuba.

Permanecieron en silencio por un momento, mientras Rodolfo pensaba en lo que Clara le había dicho.

—¿Tienes hambre? —preguntó ella.

—Yo sí. No comí nada antes de irme de la casa, porque no quería llegar tarde.

Ella sonrió y dijo:

—Te llevaré a uno de mis lugares favoritos en Miami. Te gustará.

Ella comenzó a darle instrucciones de cómo llegar, y en menos de media hora se detuvieron frente a La Carreta, donde cada uno ordenó un café con leche, tostadas y huevos fritos. Durante el desayuno, mantuvieron la conversación tan animada como antes.

Un poco después, mientras caminaban hacia la unidad de cuidados intensivos cardíacos del Hospital Jackson Memorial, ella dijo:

—Es raro, ¿sabes? Mamá siempre dice que no hay nada como la familia. Ella tiene razón. Aparte de lo mucho que te pareces a mi hermano, me siento tan bien hablando contigo. Creo que puedo hablarte de cualquier cosa, como si fueras mi hermano.

Él sonrió.

—Siento lo mismo por ti y por tu mamá —respondió Rodolfo.

—¿Y no sientes lo mismo por mi papá?— preguntó ella.

—Hasta ahora, mi tío no ha sido muy fácil de entender —dijo Rodolfo.

—Tengo una sorpresa para él —dijo Clara—. En realidad son dos sorpresas, pero no me preguntes lo que es. Quiero darles las noticias a todos al mismo tiempo.

Rodolfo la miró con una expresión juguetona e inquisitiva.

—No me sigas mirando de esa manera —dijo ella—. No funcionará.

Más tarde, cuando los primos llegaron a la unidad, se enteraron que a Arturo lo habían trasladado a una habitación regular.

—Esa es una buena señal —dijo Clara.

Clara y Rodolfo entraron a la habitación que había sido asignada a Arturo, casi al mismo tiempo en que llegó Arturo, acompañado de su esposa. Cuando Martica vio a Clara, corrió hacia ella con los brazos abiertos y los ojos llenos de lágrimas.

—Gracias por venir, Clarita —dijo Martica—. He estado tan asustada.

—Deja de preocuparte tanto, Martica —dijo Arturo, refunfuñando—. No es nada. Ya estoy bien.

Después de besar y abrazar a su madre, Clara se acercó a su padre con una sonrisa cariñosa, pero esperó a que los trabajadores del hospital lo colocaran en la cama y salieran de la habitación, antes de besarlo en la mejilla.

—¿Cómo estás, papá? —preguntó ella.

Arturo agitó su brazo.

—Ya te dije que estoy bien. No hay nada de qué preocuparse, pero conoces a tu madre, siempre formando líos por todo —dijo Arturo.

—Te extrañé, mi viejito. Te extrañé mucho —dijo Clara.

Arturo tragó en seco y miró hacia el otro lado, mientras sus ojos se humedecían.

—Mamá, siéntate —dijo Clara, tocando la cama de su padre—. Papá, ¿puedo darte un poco de agua?

—El médico no quiere que beba nada hasta que todas las pruebas estén listas.

—¿Más exámenes? —preguntó Martica—. Pensé que ya habían terminado. ¿No es eso lo que dijo la enfermera?

—¡No, eso no fue lo que dijo ella! —protestó Arturo.

—Ya dejen de actuar como una pareja casada —dijo Clara riéndose—. Por lo que veo, algunas cosas no cambian. Mejor hablemos de cosas más agradables.

Martica, Rodolfo y Clara se sentaron alrededor de la cama, la hija muy cerca de sus padres, y Rodolfo hacia los pies de su tío.

—Clarita, yo debería salir, para que tú y tus padres puedan hablar en privado —dijo Rodolfo.

Clara se cruzó de brazos y miró a su primo con curiosidad.

—¿De verdad que hablas en serio, Rodolfo? —dijo Clara—. Número uno, eres familia. Número dos, ya te dije que desde que te conocí, hace un par de horas, siento como si mi hermano hubiera regresado.

Cuando su hija terminó la última oración, Arturo trató de hacer todo lo posible para contener sus lágrimas, mientras que Martica se levantó y tomó la mano de Rodolfo, colocándola entre las suyas.

—Cariño —dijo, con el brillo de sus emociones apareciendo en sus ojos—. Tú también eres nuestro hijo.

—Gracias, Tía Martica —respondió Rodolfo, frotándose la frente.

—Ahora que hemos establecido lo mucho que todos en esta habitación se quieren, tengo que darles la gran noticia. Y no más interrupciones —dijo Clara.

Clara se detuvo por un momento y miró a su padre con ojos brillantes.

—Sé que ha sido difícil para ti y para mamá estar sin mí en los últimos años. Espero que entiendan que después que mi hermano murió, necesitaba encontrarme a mí misma. No podía quedarme aquí, papá. Pero mi vida es finalmente lo que esperaba. Ya soy gerente de enfermería. Tengo un esposo que me adora, y hemos madurado como pareja. Por lo tanto, hemos decidido que es hora de regresar a casa.

Martica saltó de su asiento.

—¿Dijiste que regresarías a Miami? —preguntó Martica y abrazó a su hija—. ¡Oh!, Dios mío, he rezado tanto por este momento.

—Mamá —dijo Clara—. Por favor, siéntate un poco más que hay otra cosa que tengo que decirles.

Martica obedeció, pero sus piernas le temblaban por la excitación.

—¿Y si te mudas, qué pasara con la propiedad que tienes en Nueva York? —preguntó Martica.

CAPÍTULO 10

—La tenemos en venta —dijo Clara—. Después que se venda, tendremos que mudarnos con ustedes por un tiempo, hasta que podamos encontrar un lugar en Miami. ¿Están bien con ese plan?

—Por supuesto que sí —dijo Martica, sin esperar a que su marido respondiera. Al darse cuenta de la preferencia de su marido de ser el que tomaba las decisiones, ella recurrió a él rápidamente.

—¿Estás de acuerdo, mi amor? —preguntó Martica—. ¡Por fin tendremos a nuestra hija en casa!

Arturo asintió nerviosamente, y Martica lo besó en la mejilla.

—Puedo dormir en el sofá —ofreció Rodolfo—. Así mi prima podrá quedarse en su cuarto.

—No es necesario —dijo Clara—. Papá, ¿podrías darle el Cuarto de Cuba a Rodolfo?

—¿Cuarto de Cuba? —preguntó Rodolfo.

Clara miró a su padre, esperando que respondiera, pero cuando notó su incomodidad, ella misma respondió a su primo:

—Papá ha convertido la habitación de mi hermano en su santuario personal de cosas de Cuba.

Arturo agitó su mano desdeñosamente.

—Puedo guardar todas esas cosas viejas en cajas —dijo Arturo—. Total, como están las cosas en Cuba, probablemente nunca regresaremos, entonces ¿para qué tanta bobería?

—Creo que tienes razón, y sobre todo después que te diga la próxima noticia, papá —dijo Clara.

—¿Puedes parar con todos tus secretos y acabar de decirlo todo de una vez? —dijo Arturo, con una mirada hosca.

—Bien, papá —respondió Clara con una sonrisa—. Te lo diré. Necesito que te recuperes pronto, porque necesitarás mucha energía para correr detrás de tu nieto, o nieta. Esa es la noticia, hombre gruñón. Vas a ser abuelo.

Los ojos de Arturo se llenaron de lágrimas, y por más que intentó contenerlas, rodaron por su cara. Ver a su padre llorar rompió el corazón de Clara.

—¡Oh!, papá —dijo Clara, levantándose de la cama, arrojándose suavemente en los brazos de su padre y recostando su cabeza sobre su pecho—. No quise hacerte llorar.

Martica extendió sus brazos y los abrazó a los dos, haciendo que Rodolfo se sintiera incómodo.

—¡Rodolfo! —dijo Clara, levantando la cabeza, como si hubiera notado su nerviosismo—. ¿Qué estás esperando? Deja de actuar como mi padre y ven para acá. Es hora de un abrazo familiar.

Todos se abrazaron y lloraron, o se sonrieron, hasta que una enfermera, que había entrado en la habitación, los sorprendió y les preguntó:

—¿Alguien necesita un pañuelo de papel?

CAPÍTULO 11

Después que Arturo salió del hospital, Martica esperó hasta verlo completamente recuperado para recordarle que necesitaba despejar el "Cuarto de Cuba" para hacerle espacio a Rodolfo.

—No quiero que te esfuerces —dijo Martica, tocando suavemente la mano de Arturo—. Rodolfo y yo te ayudaremos.

—No necesito que nadie me ayude —replicó Arturo—. Lo haré yo mismo.

A medida que los días se convirtieron en semanas, Arturo parecía permanecer en el "Cuarto de Cuba" más y más tiempo, hasta el día en que su hija anunció que había vendido su casa, y ella y su esposo conducirían su auto hacia Miami con algunas de sus pertenencias. Clara había vendido o regalado todo lo demás. De repente, los preparativos de la habitación se convirtieron en una emergencia, y Arturo no tuvo más remedio que aceptar la ayuda de Rodolfo.

Rodolfo estaba lleno de expectativas. Por fin, podría entrar a esta área restringida de la casa. Nunca había escuchado a nadie referirse a esa habitación como el "Cuarto de Cuba", ni había puesto un pie dentro de él, ya que esto siempre estaba ce-

114

rrado con llave. Había tratado de entrar varias veces, por curiosidad, pero parecía que solo su tío tenía acceso a ese lugar.

Arturo entraba a esta habitación a menudo y permanecía allí durante aproximadamente una hora. Martica continuaba con sus quehaceres y, cuando él al fin salía, ella le tenía preparada una taza de café con leche. Era una rutina que parecía apreciar, a juzgar por la manera en que él le ponía la mano sobre el hombro de Martica cuando le devolvía la taza vacía. A Rodolfo le impresionaba que no necesitaran intercambiar muchas palabras para demostrar lo mucho que se querían.

Cuando llegó el día de la limpieza de aquel cuarto, Rodolfo trató de ocultar su entusiasmo por descubrir su contenido.

—No toques nada, a no ser que yo te lo pida —le advirtió Arturo antes de abrir la puerta.

Rodolfo asintió con la cabeza y siguió a su tío dentro de la habitación con pasos cuidadosos, como si estuviera entrando en un museo o en una iglesia. Lo que vio lo impresionó enormemente. Había tantas fotografías en la pared, algunas en blanco y negro y otras en colores. Era la primera vez que Rodolfo veía fotos de su primo, y no podía creer la similitud física que tenía con él. Pudo haber sido su hermano gemelo. Las fotos habían sido cuidadosamente organizadas por año, lo que le facilitaba a cualquiera ver crecer al niño frente a sus ojos. Dos paredes estaban dedicadas a él y las otras dos a Cuba. Rodolfo vio mapas detallados de la isla y de La Habana, fotos del Castillo del Morro y del Capitolio, y una estampita de la Virgen de la Caridad.

CAPÍTULO 11

Una cama con un colchón individual, cubierta por una colcha azul y blanca, descansaba contra la pared en un lado de la pequeña habitación.

Rodolfo se rascó la cabeza.

—Arturo, ¿estás seguro que quieres que guardemos todas estas fotos? —preguntó Rodolfo—. No me importaría si dejaras este lugar exactamente como está. De todos modos, no paso demasiado tiempo en mi habitación. Solo la uso para dormir.

Arturo miró a Rodolfo con un gesto de sorpresa y le preguntó:

—¿Estás seguro de que no te importaría dejarlo así?

—¡Por supuesto que no! —respondió Rodolfo, mirando a su tío. En ese momento, Rodolfo notó las gotas de sudor que se acumulaban en la frente de su tío.

—Déjame pensarlo —dijo Arturo, acercando sus cejas—. Vamos a guardar la ropa del armario y la ropa de cama...

Arturo hizo una pausa, respiró hondo y se llevó una mano al pecho.

—Necesito un poco de aire fresco. Deja que Martica te ayude con esto —dijo, poniéndose pálido.

—Por qué no te sientas, Arturo —dijo Rodolfo—. Déjame traerte un poco de agua.

—¡No necesito nada! —dijo Arturo bruscamente y salió de la habitación.

Rodolfo se quedó en la habitación, temeroso de tocar nada. Estaba a punto de ir a buscar a su tía, cuando ella se apareció con un par de cajas.

—¡Lo sabía! —gritó ella, al entrar a la habitación—. Esto es demasiado para él, y ahora le duele el pecho.

—Tía, no quiero molestarlo —dijo Rodolfo—. Ha hecho más que suficiente para mi familia y para mí. Yo podría trabajar más horas y buscarme un lugar pequeño.

—¡Tonterías! —dijo Martica, interrumpiéndolo—. Siéntate, y déjame explicarte algo que no quería decir antes, pero creo que es hora.

Martica y Rodolfo se sentaron al final de la cama, y ella puso su mano sobre la suya.

—Desde que llegaste a mi vida, fue como si Dios me hubiera dado un hijo —dijo Martica—. Se detuvo por un momento, miró a una de las fotos en la pared y prosiguió:

—Te pareces tanto a mi Fernandito, pero entendí que no podría acercarme demasiado a ti. Después de todo, tienes a tus propios padres, y no quería lastimarme de nuevo. Lo peor que le puede pasar a un padre es tener que enterrar a su propio hijo.

Martica miró hacia abajo. Momentos después, levantó la cabeza y sus ojos se encontraron con los de Rodolfo.

—Ahora que tus padres no vendrán por quién sabe cuánto tiempo, sería un honor para nosotros hacer lo que hubiéramos hecho por nuestro hijo—. Sé que a veces sientes como si tu tío no te quisiera. Sé que te tiene cariño, pero tiene miedo a quererte.

—No entiendo —dijo Rodolfo.

—Algún día, cuando tengas tu propia familia, lo entenderás —dijo ella.

Los ojos de Martica recorrieron una y otra vez las fotos, deteniéndose en una de Fernandito con la madre de Rodolfo, cuando todos estaban en Cuba.

—¿Ves esa foto? —dijo Martica, señalando hacia la pared—. Rodolfo asintió. En ella están las

117

dos personas que Arturo más ha amado en su vida, incluso más de lo que me quiere a mí. Arturo los perdió a los dos, uno a las reglas ridículas de Castro. Tu tío siempre ha sido muy protector con tu madre. Es por eso que ha hecho todo lo posible para ayudarla. No sé si lo sabes, pero ella es la más joven.

Martica movió la cabeza de un lado a otro y sonrió.

—Si supieras —agregó —. Tu tío me dijo que, cuando era pequeño, tu madre lo recibía con un abrazo cada vez que venía de la escuela. Les gritaba a sus padres cuando reprendían a Arturo, y una vez, incluso se paró frente al cinturón cuando su padre trató de golpearlo.

Ella hizo una pausa de nuevo y respiró hondo.

—Vamos a guardar la ropa antes de que Arturo regrese —dijo Martica—. Me pregunto si deberíamos pintar la habitación y reorganizar las fotos. Creo que eso le haría bien a Arturo.

—No te preocupes. Me encargaré de eso.

Martica abrazó a Rodolfo, y él sonrió y le dio unas palmaditas en la espalda.

—Oye, se me olvidó preguntarte —dijo Martica—. ¿Cómo está Lissy?

—Ella está bien —dijo Rodolfo—. Me dijo que había presentado una solicitud en la Universidad de Miami y en otras dos universidades que no recuerdo. Quiere ser doctora.

—Me gusta esa chica —dijo Martica—. Pero no estoy diciéndote lo que debes hacer. Arturo sigue insistiendo que deje de meterme en estas cosas, pero es que no puedo evitarlo.

Los dos se rieron.

—Tía Martica —dijo Rodolfo, momentos después—. Deberías darle una vuelta a tío.

—Tienes razón, pero antes, quería decirte que tenemos un poco de pintura que nos sobró, de cuando pintamos la sala, en el cuartico de desahogo del patio. Creo que está buena todavía. ¿Puedes ir a buscarla? Allí encontrarás brochas y otros suministros para pintar. ¡Vamos a sorprender a Arturo! Ahora voy a ir a distraerlo.

Rodolfo se pasó unas horas preparando las paredes y pintando, mientras Martica, durante el transcurso del día, entraba y salía de la habitación para guardar la ropa de su hijo y cambiar la ropa de cama. Después de consultar con su esposo, ella decidió donar la ropa de Fernandito a una organización caritativa. Mientras Martica buscaba en su armario, encontró un juego de sábanas nuevas que había comprado cuando su hijo estaba vivo, pero que nunca usó. Su excitación iluminó su rostro cuando hizo la cama con las sábanas nuevas y una colcha nueva.

—¡Me encanta! ¿Te gusta? —preguntó Martica.

—Sí, por supuesto —dijo Rodolfo.

—Al menos no tendré que pedirle dinero a mi pequeño ogro —respondió Martica.

Rodolfo sonrió, mientras su tía enderezaba las sábanas, hasta que las dejó tan perfectas como las de la habitación del hotel que Rodolfo había compartido con su familia en la Costa del Sol.

Al día siguiente, Martica y Rodolfo revisaron las fotografías. Colocaron todas las fotos de Fernandito en una pared, en orden cronológico, como estaban, pero más pegadas la una de la otra que antes; y organizaron las fotos de Cuba, y viejos mapas y posters, en la pared paralela. Movieron la cama al centro de la habitación, con la cabecera contra la ventana. Por último, posicionaron dos fotos, una del Castillo del Morro y la otra del Capitolio, a cada lado de la ventana. Cuando terminaron, Martica salió corriendo de la habitación y llamó a Arturo. Lo encontró sentado cómodamente en un sillón, leyendo un periódico.

—Te tenemos una sorpresa —dijo Martica.

—¿Tiene que ser ahora? —preguntó Arturo.

—Sí. Ven conmigo —dijo ella.

Arturo la siguió a regañadientes hasta el "Cuarto de Cuba" y encontró a Rodolfo enderezando una de las fotos en la pared. Arturo miró a su alrededor, inexpresivo, concentrándose en la pared donde Rodolfo había colocado las fotos de su hijo.

—¿No te gusta? —preguntó Martica.

—La decoración es cosa tuya, Martica —dijo Arturo y miró hacia abajo—. Yo trabajo y pago las cuentas. Eso es todo.

Martica lo abrazó.

—Pero debes tener una opinión, ¿no? —preguntó Martica.

—Arturo, solo usaré esta habitación para dormir —dijo Rodolfo—. Durante el día, puedes usarla todo lo que quieras. No quiero causarte ningún inconveniente. Estoy agradecido que me estés dando un lugar para vivir.

Aunque Arturo no reconoció la declaración de su sobrino, respiró hondo, no con ira, sino alivio. Luego se volvió hacia su esposa.

—Todo está bien, Martica —dijo Arturo. Ella le dirigió una sonrisa brillante y lo besó en la mejilla.

CAPÍTULO 11

—¡Sabía que te gustaría! —dijo ella felizmente.

—Gracias, Rodolfo, por todo el trabajo que hiciste —dijo Arturo, a paso apresurado. Miró a su esposa, y levantando ligeramente las cejas, agregó: —¿Puedo seguir leyendo?

Después de ella asentir con la cabeza, Arturo dio la vuelta y salió de la habitación.

CAPÍTULO 12

Cuando Lissy y Rodolfo se graduaron de la escuela secundaria, Clara ya tenía seis meses de embarazo, por lo que Arturo y Martica les pidieron a Clara y a Simón que esperaran hasta que naciera el bebé, antes de buscarse otro lugar donde vivir. Enseguida aceptaron la propuesta, lo que les permitió a Rodolfo y a Clara profundizar su amistad. Los fines de semana, Clara, Simón y Rodolfo se reunían para escuchar discos, desde *Let It Be* por los Beatles, hasta *Bridge Over Troubled Water*, por Simon & Garfunkel, mientras soportaban las críticas de Arturo.

—Dejen de escuchar esa música hippie —les decía Arturo—. ¿Quieren saber lo que es música de verdad? Escuchen a los grandes, como Beny Moré, La Sonora Matancera y Orlando Contreras. Eso era música buena.

—Deja a los muchachos tranquilos, Arturo —le decía Martica—. Vivimos en un tiempo y en un lugar diferente.

Entonces Arturo agitaba una mano de manera despectiva y regresaba a su lectura.

CAPÍTULO 12

Un día, cuando Clara, Simón y Rodolfo estaban en la habitación escuchando música, ella le susurró a su primo:

—Oye, ¿quieres ver a mi papá bailar?

Parecía una niña traviesa, a punto de hacer una maldad.

—¿Bailar?—preguntó Rodolfo, abriendo los ojos—. Pensé que todo lo que hacía era leer y ver las noticias.

—Oh, él baila, pero después que mi hermano murió, dejó de tocar música en la casa. Ya verás.

Clara caminó hacia el tocadiscos, reemplazó el disco que estaba puesto con otro y colocó cuidadosamente la aguja al comienzo de una de las canciones. Después de abrir la puerta de su habitación, les indicó a su esposo y a su primo que se sentaran en la cama por un momento y esperaran. Momentos después, escucharon la voz de Arturo.

—¡Martica! Ven acá. Clarita al fin aprendió lo qué es música buena.

Escucharon unos pasos. Luego, en silencio, Clara condujo a su primo y a su esposo hacia la sala, mirando ocasionalmente hacia atrás y colocando su dedo índice sobre sus labios.

Cuando llegaron a la sala, vieron a Martica y Arturo bailando con sus caras juntas y sus cuerpos muy cerca el uno del otro.

—Dos gardenias para ti, con ellas quiero decir, te quiero —cantó Arturo al oído de su esposa.

Era la canción favorita de ellos, un bolero nostálgico escrito en 1945.

—¡Hola! —dijo Clara—. No se acerquen demasiado, o tendré que traer la manguera del patio para rociarlos a los dos.

CAPÍTULO 12

Arturo le hizo a su hija un gesto de desdén con la mano.

—Dale, vete de aquí, que nadie te dio vela en este entierro.

—Arturo, no seas tan malo con nuestra hija, que está embarazada —dijo Martica, de manera amorosa.

—No lo dice en serio, mamá. Vamos a hacer esto, papá. Bailaré con ustedes. Simón no sabe bailar, pero estoy segura que Rodolfo sí. Vamos, Rodolfo.

Clara tomó a su primo de la mano y se unió a sus padres en la pista improvisada de baile, mientras que Simón se sentó en el sofá para verlos bailar. Cuando la canción terminó, todos aplaudieron y se sonrieron.

Aparte de los argumentos ocasionales sobre la política o la música, la familia vivía una vida cordial, animada por la inminente llegada del nuevo bebé.

Lissy y Rodolfo seguían siendo buenos amigos, pero sus vidas tomarían caminos diferentes después de la graduación. Ella fue aceptada a la Universidad de Miami, mientras que Rodolfo decidió asistir a Miami Dade Community College, ya que su inglés aún no era lo suficientemente fuerte para el entorno universitario, y el costo de la universidad era mayor al del colegio comunitario. Luego de terminar dos años en este colegio, su plan era transferirse a una universidad por los dos últimos años de su carrera. Como Rodolfo le había dicho a su tía, solicitó un aplazamiento educativo. Esto le permitiría completar su educación, sin el riesgo de que lo fueran a enviar a Vietnam sin haberlos acabado.

CAPÍTULO 12

Durante su primer año en el colegio comunitario, Rodolfo hablaba ocasionalmente con su madre, pero la sentía distante, como si estuviese ocultándole algo. Compartió su sospecha con Lissy, quien concluyó que probablemente Ana sufría de depresión. Rodolfo trataba de animarla, contándole sobre sus buenas calificaciones y la nueva bebé de Clara, que nació antes de que Rodolfo terminara su primer año de estudios superiores, pero nada parecía alegrarla.

La vida estaba cambiando a su alrededor. Rodolfo creía que el conflicto con Vietnam tenía mucho que ver con lo que estaba sucediendo. Algunos decían que la guerra de Vietnam había erosionado la inocencia de los habitantes de los Estados Unidos, adquirida durante la década de los 1950s, pero Rodolfo no sabía mucho de esa década. Su conocimiento limitado provenía de sus clases de historia y de las películas que él y su familia miraban. Sin embargo, la transformación era palpable, incluso para él.

Eventualmente, Rodolfo comenzó a salir con una chica estadounidense que conoció en el colegio comunitario: delgada, rubia y de ojos azules. No es que pudiera contarla como una de sus conquistas, ya que fue ella quien se le acercó. Las mismas características que despreciaba de sí mismo –su timidez, falta de asertividad y acento fuerte– habían despertado su interés en él. Un mes después que comenzaran a salir juntos, Rodolfo la trajo a su casa para presentársela a su familia, algo que lamentó desde el momento en que Martica y Arturo vieron a su novia sentada en el sofá. Debería haber anticipado sus reacciones, dada la forma en que su novia se vistió esa noche: un par de pantalones cortísi-

125

mos y una camiseta sin mangas exponiendo su ombligo y revelando que no se había puesto un ajustador. Hasta la muchacha notó las miradas de desaprobación que le dieron Martica y Arturo. Más tarde, como si sus miradas horrorizadas no hubieran sido suficientes, Arturo le pidió a Rodolfo que lo acompañara a él y Martica a la cocina. Martica no perdió ningún tiempo al llegar allí.

—Esa muchacha no sirve para ti —susurró Martica—. Necesitas una cubanita, como Lissy.

Arturo lo miraba confundido y alzó las manos con asombro.

—¿Estás en drogas, o estás loco? —preguntó Arturo—. No creo que puedas estar muy bien de la cabeza cuando decidiste traer a ese cuero a una casa decente como la nuestra.

—¡Ay no, no puede ser! ¿En drogas? —dijo Martica, abriendo la boca. Luego redujo el espacio entre ella y su sobrino, y con su dedo índice le haló la piel debajo de uno de los párpados inferiores, un movimiento que dejó a Arturo aún más perplejo de lo que estaba.

—¿Qué estás haciendo, Martica? —preguntó Arturo, con soberbia.

—Tratando de ver si está en drogas —dijo ella.

—¡Lo que le estás haciendo es solo para ver si tiene anemia, no si está usando drogas! —dijo Arturo hablando con las manos.

Continuaron discutiendo por un rato hasta que Rodolfo los interrumpió.

—No estoy usando drogas —dijo Rodolfo, molesto y moviendo su cabeza de un lado a otro—. Lamento haberla traído a esta casa. No sé lo que estaba pensando. No volverá a suceder.

CAPÍTULO 12

Su novia debió haberlos escuchado discutir porque cuando Rodolfo regresó a la sala, ella se había marchado. Discutirían más tarde, pero no le llevó a ella mucho tiempo en perdonarlo y entender por qué la familia conservadora de Rodolfo la había encontrado ofensiva. Sin embargo, Rodolfo no creía que las opiniones de sus tíos eran razón suficiente para romper con ella. Su novia lo trataba con amabilidad y lo hacía sentirse feliz, especialmente durante las noches cuando lo invitaba a su habitación para hacer el amor, en un apartamento que compartía con algunos de sus amigos. De vez en cuando, su novia trataba de convencerlo para que participara en protestas contra la guerra de Vietnam, pero él prefería ser un observador. Los escándalos constantes, plasmados en todos los periódicos y en los noticieros, y las numerosas protestas contra la administración de Nixon lo sorprendían. En Cuba, la prensa estaba controlada por el gobierno y la gente no podía expresar abiertamente su disenso.

Independientemente de lo que la gente pensara sobre Nixon, su tío lo seguía apoyando.

—No escuches a los noticieros —le decía Arturo—. Lo único que hacen es decir mentiras. ¿Y ves a toda esa gente protestando contra la guerra? Lo que quieren es un país comunista. No les hagas caso. Esa es una de las razones por las que no me gusta esa novia tuya. Es una comunista.

—No lo es, Arturo —dijo Rodolfo.

Pero nadie podría convencer a Arturo de lo contrario. Cuando Rodolfo trató de explicarle que era un adulto con capacidad de juzgar, Arturo lo dejó a media frase y se encerró en su habitación. Mientras tanto, cansada de esperar a Rodolfo, Lissy había comenzado a salir con el hermano de una de sus amigas. Rodolfo no estuvo contento al enterarse, pero aún se sentía inadecuado para ser su novio.

Una noche, al final de su último año en el colegio comunitario, Rodolfo llegó a casa desanimado y se sentó frente a su tío. Para entonces, ya Clara y su familia se habían mudado para su propia casa. Arturo lo ignoró al principio y siguió leyendo el periódico, pero después de un rato, lo miró por encima de sus espejuelos.

—¿Tienes algo que decirme? —preguntó Arturo.

Rodolfo asintió.

—Tenías razón —dijo Rodolfo.

—¿Acerca de qué?

—Mi ex novia —dijo Rodolfo, mirando hacia abajo brevemente.

—Ah—dijo Arturo.

—No deseo entrar en detalles, pero la encontré con otro.

Arturo no respondió.

—Tenías razón —agregó Rodolfo, con una expresión de decepción en su rostro.

Arturo tranquilamente dobló su periódico, se quitó los espejuelos y le dijo:

—En Cuba, teníamos un dicho: más sabe el diablo por viejo que por diablo. No te digo esto para que te sientas peor. No te preocupes. Ya encontrarás a la muchacha adecuada cuando sea el momento.

La llegada de Clara interrumpió bruscamente su conversación. Después de encontrar la puerta sin seguro, como sus padres generalmente la dejaban los fines de semana cuando estaban en casa, ella había entrado a la sala con su hija en sus brazos.

—¡Papá, recogí el correo! —anunció Clara y colocó varios sobres en la mesa del centro antes de besar a su padre y a su primo en la mejilla.

La niña comenzó a llorar.

—Ella quiere que la pongan en el suelo —dijo Arturo—. Eso, o quiere ir con su abuelo.

Clara se volvió hacia su hija, una hermosa niña de cabello castaño rizado y ojos color de miel.

—¿Quieres ir con tu abuelito? —dijo Arturo, extendiendo sus brazos hacia la bebita.

La niña movió la cabeza de un lado a otro, para denotar su desaprobación.

—Por supuesto que no —dijo Martica, al aparecer en la sala con una gran sonrisa en su rostro—. Ella quiere a su abuela. ¿Verdad, cariño?

Martica extendió sus brazos hacia su nieta, y la niña le correspondió. Martica la abrazó y le besó sus mejillas.

—Adoro a esta pequeña calabacita —dijo Martica—. Se parece y se comporta como su madre cuando tenía su edad.

—Eso explica por qué no le caigo bien —dijo Arturo.

—¡No digas eso, papá! No es cierto. Las dos te queremos mucho —dijo Clara.

—¡Por supuesto que ella quiera a su abuelo! —dijo Martica, hablando como una niña, y frotándose la nariz contra la de su nieta.

—¿Quieres ir con abuelo, niña linda? Dile al abuelo cuánto lo quieres. Vamos a tratar una vez más—dijo Martica e intentó entregarle la niña a Arturo, pero ella comenzó a llorar con lágrimas gruesas.

—¿Ves? —dijo Arturo—. Tiene algo contra mí.

Clara sonrió e intercambió miradas con su madre, pero después de unos momentos, la niña comenzó a bostezar y le tiró sus bracitos a Clara, quien la tomó en sus brazos y comenzó a mecerla.

—Creo que hay una carta para ti en la mesa, primo —dijo Clara mirando a Rodolfo—. Es de la Universidad de Miami. El sobre cayó al suelo cuando saqué el correo del buzón.

Rodolfo tomó los sobres y los revisó.

—Llegó más rápido de lo que esperaba —dijo Rodolfo, tomando el sobre de la universidad y rasgando uno de sus extremos. Al principio leyó la carta con los ojos y luego se quedó en silencio.

—Bueno... —dijo Rodolfo, mirando a su tío.

—¿Bueno qué? —preguntó Arturo.

—¡Lo logré! —respondió Rodolfo con una alegre sonrisa.

—¿Lograste qué? —preguntó su tío, con algo de frustración en su rostro.

—Fui aceptado en el programa de Ingeniería Eléctrica de la Universidad de Miami. ¡Seré un ingeniero!

—Pero... —dijo Arturo—. No sabía que habías decidido estudiar ingeniería. Nunca habías dicho nada.

—Quería sorprenderte, Arturo —dijo Rodolfo.

Arturo lo miró con una mezcla de enojo y confusión. Luego se levantó de su silla y, sin decir una palabra, salió de la sala y dejó a Rodolfo con la carta en la mano. Perpleja, Clara lo siguió con la mirada, y momentos después, oyeron que se cerraba una puerta.

—¿Hice algo mal? —preguntó Rodolfo—. ¿A dónde fue?

CAPÍTULO 12

—Al Cuarto de Cuba —dijo Clara—. Lo vi entrar.

—¿Pero por qué? —preguntó Rodolfo—. Pensé que siempre había querido un ingeniero en su familia. ¡Lo ha estado diciendo desde el primer día que me vio!

—Así es, —dijo Martica—. No entiendes a tu tío. Él está feliz.

—Definitivamente tiene una forma muy extraña de demostrarlo —dijo Clara, poniendo los ojos en blanco.

—Tiene un corazón blando, y no quiere mostrar sus emociones como una bandera —dijo Martica—. Hoy has hecho muy feliz a tu tío. Quería que nuestro hijo fuera ingeniero. Arturo siempre se lo decía a todos. Cuando murió, se sintió inútil. Había luchado tanto para sacar a sus hijos de Cuba, para mantenerlos a salvo y darles un futuro, pero no lo logró. Luego recurrió a Clarita, con la esperanza que ella le diera ese gusto, pero ella se hizo enfermera.

Clara abrió mucho los ojos.

—Mamá, si me vas a atacar puedes esperar a que me vaya.

—No es eso, cariño. Ahora que eres gerente de enfermería, tu papá está de acuerdo con tu elección.

—Pero gerente de enfermería todavía no es tan bueno como un ingeniero, ¿verdad mamá? —dijo Clara, reposicionando a su hija, quien estaba tocando la cara de la madre con sus manitas, como si se diera cuenta de su frustración.

—Eso no es lo que estoy diciendo —dijo Martica—. Esta conversación ha tomado el camino equivocado.

Respiró hondo y agregó:

—Además, tenemos mucho que celebrar.

—Tienes razón, mamá —dijo Clara, forzando una sonrisa y volteándose hacia su primo—. Felicidades Rodolfo. Has trabajado duro y mereces todas las cosas buenas en la vida. Serás un ingeniero maravilloso, y me alegra que puedas darle a mi padre la alegría que no pude darle.

Los ojos de Rodolfo se encogieron cuando se enfocaron en Clara.

—¿Estoy escuchando un poco de resentimiento, prima?—preguntó Rodolfo—. Sabes que eres mi hermana, y que siempre te respaldaré.

Clara se encogió de hombros.

—Sí, estoy un poco defraudada, pero lo superaré.

—Bien —dijo Martica—. Entonces es hora de un abrazo familiar.

Todos se abrazaron, mientras que Rodolfo pensaba en sus padres y en lo incomprensible de su situación. Le enojaba que no pudiera hacer nada para sacarlos de Cuba. Si lo intentaba, solamente podrían pasar dos cosas, o terminaba en la cárcel o fusilado.

Después de haber estado casi tres años en Miami, comenzaba a sentirse como en casa, pero ¿a qué precio? ¿La cadena perpetua de sus padres en la cárcel en la que se había convertido la isla de Cuba? Su tío, convencido de que el embargo de los Estados Unidos contra Cuba funcionaría, soñaba con el día en que pudiera regresar a una Cuba libre, aunque no sabía cuánto tiempo eso tomaría. Pero Rodolfo no se sentía tan optimista como Arturo.

CAPÍTULO 13

Luego de haber transcurrido varios meses desde la última llamada de Ana, su hijo sospechó que algo andaba mal. Compartió sus preocupaciones con Martica, quien, a través de una amistad, logró localizar a alguien en Santos Suárez que tenía un teléfono. A través de un cablegrama, Rodolfo le informó a su madre de la fecha y hora en que haría la llamada, pero ignoraba que ella no seguía viviendo en su antigua dirección.

Afortunadamente, una persona que conocía su nueva dirección le entregó el cablegrama. A medida que se acercaba el día, Rodolfo se ponía más ansioso. Sólo había recibido un par de cartas de la madre en los últimos meses y, a través de ellas, concluyó que se estaba rindiendo de luchar por salir del país.

El día de la llamada, mientras marcaba el número de teléfono, sus manos se pusieron frías, y luego de unos pocos timbres, escuchó su voz.

—Mamá, es Rodolfo. ¿Cómo estás? ¿Y la familia?

—Rodolfito —dijo Ana, farfullando las palabras—. Mi hijo bueno... te extraño tanto, como nunca he extrañado a nadie... en mi vida.

Ana hablaba lentamente, no en la manera usual.

—Mamá, ¿está todo bien?

—No hijo... las cosas no están bien. ¿Pero sabes qué? Ni me importa. Lo importante es que estás bien.

Rodolfo movió la cabeza de un lado al otro un par de veces, conteniendo su frustración—. ¿Qué pasa, mamá?

—Oh no, no. Tú primero. Estoy segura de que, por algo, revolviste mar y tierra para llamarme. Estas llamadas son costosas.

—Quería darte las noticias. Me gradué del colegio comunitario y me aceptaron al programa de ingeniería eléctrica en la Universidad de Miami.

Ella soltó una risa nerviosa.

—¡Dios mío! No lo puedo creer. Mi hijo, el ingeniero. Le dije a ese padre tuyo que dejarte ir era lo correcto. ¡Pero noooo! Nunca me creyó. Y ahora es demasiado tarde. Ni siquiera sé dónde está.

—¿Qué quieres decir?—preguntó él.

—Me dejó. Cambiamos nuestra casa por dos apartamentos, pero luego se mudó de ese apartamento y se llevó a tu hermana a no sé dónde. Bueno, le dije a ella que se fuera con él. No estoy bien, hijo.

Los ojos de Rodolfo se inundaron de lágrimas—. ¿Qué pasa, mamá?

—No quiero molestarte con mis problemas, hijo. Anda, escribe mi nueva dirección.

Rodolfo buscó una pluma y anotó la información que su madre le estaba dando.

—¿Vives en el mismo edificio que mi abuela?

—Sí, encontré un apartamentico allí.

—Mami, por favor, cuídate. Cuando termine la escuela y encuentre un trabajo, te visitaré. Te lo prometo.

—No permiten que nadie venga, hijo. Quién sabe cuánto tiempo pasará antes de que nos volvamos a ver, pero debes continuar... Estoy tan cansada de luchar, de vivir en este maldito lugar. Los extraño mucho a ti y a tu hermana.

—Te extraño, mamá. Te enviaré un paquete con comida y todo lo que necesites —dijo Rodolfo.

—Gracias, pero deberías ahorrar dinero para tus estudios. La gente me dice que la universidad de allí es cara.

—Puedo obtener préstamos, y dependiendo de mis calificaciones, podría obtener una beca.

—Eso está muy bien, hijo —dijo ella, e hizo una pausa, permaneciendo pensativa por un momento—. Mira, tengo algo importante que decirte. Si algo me sucede alguna vez, debes seguir adelante. Hazlo por mí... y por tu padre. Sé que las cosas no funcionaron entre nosotros.

Ella hizo una pausa de nuevo y respiró hondo.

—No es su culpa, ¿sabes? Es mía. Traté de encontrar una salida, pero todo lo que hice fue destruir mi vida y la de tu padre. No se merece esto. Es un buen hombre, pero creo que nunca lo aprecié lo suficiente. No, hasta que era demasiado tarde.

—Estoy seguro que regresará, mamá. Te quiere.

—Bueno, hijo. Estás gastando demasiado en esta llamada, escuchándome hablar boberías. Gasta tu dinero en otras cosas.

—¿Cómo están mi abuela y mi tía?

—Envejeciendo. No fue fácil para ellas después que te fuiste.

—Diles que les enviaré café, leche en polvo y chocolate.

—Eso les va a gustar. Ahora vete, hijo. ¡Felicidades!

Cuando Rodolfo colgó el teléfono, miró a su tía con una expresión seria.

—¿Está todo bien? —preguntó ella.

Rodolfo negó con la cabeza, y le explicó lo que había escuchado.

—Rezaré por ella —dijo Martica—. Dios nunca nos da más de lo que podemos tolerar.

—Gracias, tía Martica —dijo él. Entonces, como si se le hubiera ocurrido algo, añadió:

—¿Te importa si hago una llamada privada?

—¡Por supuesto! Déjame ir a mi cuarto y dejarte en paz.

Rodolfo esperó hasta ver a su tía desaparecer, antes de marcar el número de Lissy.

Cuando escuchó la voz de Sara, le preguntó por ella.

—Se está despidiendo de su novio, pero déjame ir a buscarla —dijo Sara—. Entre tú y yo, no me gusta ese muchacho, pero no le digas que te lo dije.

—No se lo diré.

—¡Déjame ir por ella! Saluda a tu familia de mi parte.

Momentos después, Lissy contestó el teléfono con un —¡Hey, you!—, un hábito que había adquirido desde que comenzara la universidad.

Rodolfo le preguntó como estaba.

—Agotada—, dijo ella. —Para serte honesta, si mi carga de tareas de la universidad continúa, no voy a tener tiempo para un novio. La entrada a la escuela médica es muy competitiva.

Rodolfo no entendía por qué la declaración de Lissy le hacía sentir un gran alivio.

Lissy le preguntó si tenía algún problema, ya que solía llamarla cuando algo no estaba bien.

—Tienes razón. No debería molestarte con mis problemas.

Lissy apenas lo dejó terminar—. ¡Eso no es lo que quise decir, tonto! ¿Somos amigos, verdad? Puedes llamarme en cualquier momento que quieras. Entonces, ¿qué pasa?

Rodolfo le habló sobre la ruptura de sus padres y su sospecha de que Ana pudiera estar alcoholizada.

—Esa es una conclusión apresurada— respondió ella—. El hecho de que haya bebido unas copas antes de llamarte no necesariamente la hace una alcohólica.

—No es sólo eso. Tanto mi padre como mi hermana la abandonaron. Él nunca hubiera hecho eso. Tiene que haber existido una razón muy poderosa para que se marchara.

—¿No crees que el no haber podido irse de Cuba para reunirse contigo es la razón? —preguntó Lissy.

Rodolfo le explicó que no creía que era esa la razón, pero dándose cuenta que no podría resolver nada hablando del asunto, cambió el tema y le habló a Lissy de su aceptación a la Universidad de Miami, explicándole que su primer semestre comenzaría en el otoño.

—¡Dios mío! ¡Felicidades! Me encanta UM, y estoy segura que te va a gustar. Puede ser un poco intimidante ir de un colegio comunitario a una universidad, pero estoy segura que te adaptarás rápidamente.

—Y si no, te tengo a ti para que me saques del hueco.

Se rieron.

—Antes de irme a estudiar, hay algo que quería decirte —dijo Lissy.

—¿Qué pasa?

—Las cosas entre mi novio y yo se están poniendo un poco más serias —dijo ella—. Últimamente ha estado hablando conmigo sobre el matrimonio.

—¿Qué? —preguntó Rodolfo, alarmado—. No estás considerando seriamente casarte con él, ¿verdad?

Ella respondió con inseguridad: —No sé.

—Lissy, eres demasiada buena para él. Además, vas a ser médico un día. Tienes que pensar en eso. Debe haber alguien mejor para ti que ese tipo.

—¿Como quién?

Rodolfo respiró hondo antes de responder.

—Mira... Hablemos de eso cuando termines tu semestre. Necesitamos hablar antes que sigas adelante con estas tonterías. Prométeme que no tomarás ninguna decisión hasta que hablemos. Luego de un silencio, le respondió:

—Bien... lo prometo.

CAPÍTULO 14

Durante la última semana del semestre, tal y como Rodolfo le prometió, llamó a Lissy para fijar el día y la hora de la cena con ella. Se sentía nervioso, pues hacía casi seis meses que no la veía, aunque hablaran por teléfono varias veces al mes. Para entonces, con el dinero que ganaba en su trabajito de tiempo parcial, Rodolfo había comprado un Chevrolet Impala con más de 85 mil millas en el odómetro.

Ser propietario de un automóvil lo hacía sentirse más seguro de sí mismo. Ahora participaba en conversaciones con Arturo sobre política y no temía dialogar cuando Martica invitaba a sus amistades a la casa. Tener un auto también le dio más opciones de trabajo. Un par de meses después de haberlo comprado, aceptó un trabajo de tiempo parcial en una empresa de ingeniería, donde ganaba un dólar más por hora que en su trabajo anterior. Entonces, el salario mínimo era $ 1.60 por hora, y el hecho de que ahora le saliera a $ 3.50 lo hacía sentirse bien consigo mismo, reanudando la esperanza de que algún día pudiera traer a sus padres y a su hermana a los Estados Unidos.

CAPÍTULO 14

Rodolfo comprendió que el camino para realizar sus sueños sería largo, pero, al menos, ahora tenía los medios para invitar a una chica a un restaurante decente.

Al fin llegó la noche de la cena, y Rodolfo no podía contener su alegría. Una y otra vez, su falta de confianza en sí mismo volvía a acecharlo, aunque en menor grado. Es lo que sintió aquella noche, al tocar en la puerta donde vivía Lissy. Luego de una breve espera, Sara abrió y lo saludó con una sonrisa.

—Hola, Rodolfo. ¡Qué alegría verte después de tantos meses! —dijo ella, dándole un abrazo y un beso en la mejilla—. ¡Qué guapo te ves! Ya no eres el adolescente flaco que conocí hace tres años. Pero no te quedes ahí. ¡Adelante!

El estilo de pelo alisado de Rodolfo complementaba su cara cuadrada. Vestía una camisa azul, de mangas largas, sin corbata, con pantalones azul oscuro. Antes de que tuviera la oportunidad de sentarse, Lissy apareció en la sala vestida con una blusa amarilla, sin mangas, una falda beige pulgadas por encima de su rodilla y tacones marrones. Llevaba el pelo suelto, con una banda delgada de colores alrededor de la cabeza.

—¡Hola! —dijo Lissy alegremente y besó a Rodolfo en la mejilla, reconociendo su colonia Pierre Cardin. Rodolfo trataba de no mirarla intensamente, estando frente a su madre. Tragó en seco, sintiendo que su corazón se aceleraba, pero diciéndose a sí mismo que necesitaba tranquilizarse.

—Nos vamos, mamá —dijo Lissy, besando a su madre en la mejilla. Rodolfo se sintió aliviado.

—Pero iba a traerle un café —respondió Sara, mientras sus ojos examinaban el vestuario de Lissy

CAPÍTULO 14

—¿Y qué hay con esa saya corta y esa cinta de hippie alrededor de la cabeza? Hmmm...

Rodolfo se dijo a sí mismo que no debería volver a mirar a Lissy, por lo que sus ojos se enfocaron en su madre, en cualquier lugar, menos en ella.

—Están de moda, mamá —dijo Lissy, con seguridad—. ¿Recuerdas? Tú tuviste mi edad alguna vez.

Sara hizo un gesto de negación con la cabeza.

—No me lo recuerdes. Me están haciendo vieja.

Luego, volviendo los ojos hacia Rodolfo, añadió:

—Por favor, cuida a mi hija.

Rodolfo sonrió y asintió con la cabeza, mientras sentía que la sangre le corría por su rostro. Más tarde, mientras su automóvil se alejaba, no podía dejar de mirar en la dirección de Lissy.

—¿Te pudieras concentrar en el tráfico? —dijo ella, notando sus miradas—. ¿Hay algo de malo con mi ropa?

—Nada en lo absoluto. Te ves muy linda.

La cara de Lissy se enrojeció.

—No te olvides que tengo novio.

Ahora que estaban solos, Rodolfo sintió que una explosión de confianza regresaba.

—Los novios no me molestan.

—¡Mírate! Actuando como un adulto.

Sonrieron y ella le dio un empujoncito juguetón por el brazo. Momentos después, sus dedos comenzaron a girar el dial de la radio. Se detuvo en una estación que estaba tocando "Si no me conoces todavía".

—Me encanta esta canción —dijo ella con alegría.

—Es muy apropiada.

141

—¿Qué quiere decir?

—Oh, nada.

Ella lo miró e inclinó la cabeza ligeramente, como si tratara de descifrar lo que estaba pensando.

—Entonces... ¿a dónde me llevas?

—Al Restaurante Versailles —dijo Rodolfo—.Uno de mis amigos me lo recomendó.

—¡Mi mamá me dijo que era buenísimo! Jerry la llevó allí para el Día de San Valentín.

—Entonces, haremos hoy nuestro Día de San Valentín —dijo él.

—Te dije que tengo novio.

En repuesta, Rodolfo quitó una de sus manos del volante por un momento, e hizo como si estuviese tocando un violín invisible. Ella se sonrió.

Cuando llegaron al restaurante, ubicado a unos minutos de la casa de Lissy, notaron que una pequeña multitud de personas esperaban para sentarse, pero por suerte, dentro de unos diez minutos de su llegada, ya estaban sentados. Su mesa estaba localizada al lado de un ventanal que casi alcanzaba el techo con vistas al estacionamiento, lo cual Rodolfo no encontró muy romántico, pero al menos les daba más privacidad que si los hubieran sentado en el medio del concurrido restaurante.

Lissy esperó a que el camarero tomara su orden, antes de hablar del tema que los había traído allí.

—Entonces, ¿de qué querías hablar conmigo cuando te dije que mi novio estaba pensando en el matrimonio?

Luego de la pregunta, Rodolfo tomó un sorbo de su Coca Cola y miró a los ojos de ella.

—No quiero que le digas que sí.

—¿Y por qué no?

—No es la persona adecuada para ti.

—Y si no es él, ¿entonces quién?

Ella también tomó un sorbo de refresco y lo miró.

—Yo —dijo Rodolfo con firmeza, mirándola fijamente.

—Pero nunca me has pretendido como novia. ¿Qué cambió?

—No eras el tipo de novia que estaba buscando cuando nos conocimos. Eres una muchacha de tu casa. Eso no era lo que necesitaba entonces.

Rodolfo había mentido, y se arrepintió en el momento de su torpeza, pero no quería reconocerlo delante de ella.

—¿Quieres decir que dejé de ser una muchacha de su casa?

—No es eso. Eres una buena muchacha, y ahora es eso lo que busco.

Rodolfo se quedó en silencio por un momento. No podía seguir mintiendo porque pensó que la perdería.

—Mira, desde el día en que nos conocimos, sabía que siempre podría contar contigo. Has sido mi única amiga y confidente. Cada vez que mi vida se ha puesto boca abajo, estás ahí para ayudarme a enderezarla. No permitiré que otra persona me quite lo mejor que he tenido en mi vida.

Ella negó con la cabeza y sonrió con amargura.

—¿Por qué me miras así? —preguntó Rodolfo.

—Nunca te diste cuenta, ¿verdad?

—¿De qué?

—Que estoy enamorada de ti desde la primera vez que te vi.

Él la miró perplejo. Iba a tomar la mano de Lissy, cuando el camarero llegó con la comida, por lo que retiró sus manos de la mesa y las colocó en su regazo.

—Lo siento, no lo sabía —dijo Rodolfo, después que el camarero se fue—. Había tantas cosas sucediendo en aquel entonces. Pero incluso, aunque lo hubiese sabido, eso no habría cambiado nada.

—¿Por qué no? Oh, entiendo. Un hombre tiene necesidades que una buena muchacha decente no puede resolver.

Ella se inclinó hacia adelante, moviendo su cabeza cerca de la suya.

—¿No entiendes que te habría permitido cualquier cosa, aunque eso me rompiera el corazón, porque te amaba?

—Yo... no lo sabía. Por favor, dame la oportunidad de demostrarte que todavía hay tiempo, que estamos hechos el uno para el otro. Sabes bien que así es.

Lissy respiró y lo miró con una expresión seria en su rostro.

—Rodolfo, no me puedes hacer esto. Me llevó mucho tiempo dejarte ir. Lo acepté y seguí adelante.

—Sólo respóndeme a una pregunta. ¿Estás realmente feliz?

Ella permaneció en silencio, por lo que Rodolfo agregó:

—Si la respuesta es no, tienes que darme la oportunidad de hacerte feliz. No quiero pasar por la vida, preguntándome cómo pudo haber sido entre nosotros. ¿Podemos intentarlo?

—¿Y mi novio qué?

—Déjalo —dijo Rodolfo, mirándola a los ojos —. Incluso si las cosas no funcionaran, él no es el hombre adecuado para ti.

—No sé—dijo ella, pasándose su mano por el rostro—. Necesito tiempo para pensar. Creo que deberíamos hablar de otra cosa.

Rodolfo no quiso presionarla, por lo que comenzaron a hablar de sus familias, de las protestas contra la guerra y de la Convención Nacional Republicana que venía a Miami. Rodolfo mencionó que su tío tenía una invitación a la convención.

—No me sorprende. Después de todo, Arturo es el republicano eterno, sin importar la posición que tome el partido —dijo ella.

Rodolfo siguió el hilo de la conversación en cualquier tema que Lissy escogiera, pero se sintió obligado a salvar esta noche. Esta podría ser su última oportunidad de arreglar las cosas, por lo que le dijo a Lissy que le tenía una sorpresa después de la comida. Un poco de aire fresco sería bueno para ambos.

Después que terminaron su plato principal, se deleitaron con un flan cremoso, el postre favorito de Lissy, y éste no los decepcionó. La mezcla de leche condensada y evaporada, queso de crema y huevos, cubierta de almíbar, era el mejor invento que los cubanos habían realizado. Eso fue lo que dijo Lissy, porque según su madre, fueron los cubanos los que colocaron la "f" en el flan. Rodolfo no estuvo de acuerdo.

—El flan fue inventado por los romanos, y sobrevivió a la caída de su Imperio. Los españoles lo hicieron más dulce, añadiéndole almíbar, pero los cubanos no tienen nada que ver con él.

Lissy puso los ojos en blanco, y le dijo a Rodolfo que tendría que discutir ese punto con su mamá, ya que fue ella quien le explicó que el flan era un invento cubano.

Después que salieron del restaurante y dejaron atrás las luces del centro de la ciudad, Rodolfo condujo hacia el puente que los llevaría a las playas. Luego, mientras que manejaba por el área de Miami Beach, admiró a las majestuosas palmeras y la arquitectura de Art Deco. Se detuvo brevemente cerca del Hotel Sahara para hacerle una foto a Lissy frente a la estatua de un árabe con camellos. Pero Miami Beach, a principios de la década de los setenta, no era lo que fue veinte años después. Era un tiempo de decadencia, cuando la mayoría de la gente que frecuentaba los hoteles eran ancianos en busca de relajamiento y juegos de tejo. Rodolfo se estacionó en la calle Ocean Drive, al lado de la playa, al frente de una hilera de restaurantes y hoteles bien iluminados. Ambos se quitaron los zapatos y caminaron por la orilla del mar.

—Linda noche —dijo ella, respirando el aire del océano. La luna, en forma de tarta, iluminaba las aguas oscuras, mientras que las olas le hacían el amor a la arena. Caminaron por un rato, dejando la zona más concurrida de la playa atrás, y pasando por una fila de hoteles con acceso directo a la playa.

—Si seguimos caminando, regresaremos después de la medianoche —dijo Lissy.

—¿Quieres sentarse un rato?

Lissy señaló su saya.

—Mi falda es demasiado corta.

—Me quitaré la camisa, para que puedas cubrirte las piernas con ella.

—Qué caballeroso —observó Lissy, de una manera coqueta.

—Para ti, Lissy, cualquier cosa.

En el momento en que Lissy lo vio sin camisa, miró nerviosamente hacia otro lado.

—¿Pasa algo? —preguntó Rodolfo.

—Soy un desastre. Algunas cosas nunca cambian —dijo ella.

—No entiendo.

—¿Has estado haciendo pesas?

—Oh, ¿mis músculos te ponen nerviosa?

Ella esquivó la mirada, mientras Rodolfo trataba de llamarle la atención al entregarle su camisa. Lissy la agarró y se las puso sobre las piernas, luego de sentarse en la arena.

—No voy a decir más nada —dijo Lissy, en un tono de broma—. Como te dije antes, tengo un novio, y no debería estar aquí contigo.

Rodolfo se sentó muy cerca de ella.

—Pero el punto es que estás aquí conmigo—, dijo Rodolfo. Permanecieron en silencio por un momento, uno frente al otro. Lissy miró hacia abajo, mientras que Rodolfo no podía dejar de mirarla. Luego, llevó su mano cuidadosamente hacia su cara y la acarició.

—Eres tan bonita—dijo Rodolfo—. Si me pidieras esa luna que ves en el cielo, haría todo lo posible por traértela.

Evadiendo sus ojos, Lissy se frotó la pierna. Él le tomó la mano y la sostuvo dentro de las suyas, notando lo fría que estaba.

—Dame la oportunidad de demostrarte que soy el hombre adecuado para ti.

—Deberíamos irnos —susurró ella.

Rodolfo se le acercó aún más, tanto que podía sentir su respiración y oler su tenue perfume floral.

—Eres tan hermosa, Lissy.

Sus labios buscaron los de ella y al encontrarlos, un torrente de pasión brotó de su interior, y de pronto, se encontró sobre ella, cuya espalda se acomodó en la arena. Al principio, ella cerró los ojos y se rindió en sus brazos, mientras que, temblando, dejó que él la besara intensamente. Entonces, de repente, ella se apartó de su lado.

—Tengo novio —dijo Lissy. —Por favor llévame a casa.

Decepcionado, la dejó levantarse.

—Rompe con él, Lissy —le rogó Rodolfo.

Ella se levantó, enderezó su ropa, y le devolvió la camisa.

—Lamento haber permitido que esto sucediera —dijo ella.

—Yo no lo estoy. Por favor, Lissy, termina tu relación con él.

—Deberíamos haber dejado las cosas como estaban.

—Pero las cosas nunca podrán ser iguales —dijo Rodolfo.

Ella lo miró, dio la vuelta y se alejó con pasos rápidos. La siguió, y cuando la alcanzó, la acompañó en silencio. Así permanecieron hasta que llegaron a su automóvil. Le abrió la puerta y ella se sentó y le dio las gracias por llevarla a comer y darle un paseo. Luego, mientras se alejaban de la playa, la miró por un momento.

—¿Puedes decirme por qué?—preguntó Rodolfo.

—No quiero lastimarme —dijo Lissy.

—Entonces, tu solución es casarse con alguien que no quieres. Además, ¿qué te hace pensar que te lastimaría?

—Hasta ahora, como mujer, he sido invisible para ti. Me has hablado sobre tu novia, sin importarte cómo eso me hizo sentir. Y ahora, cuando te digo que estoy considerando casarme con otro, ¿eso cambia todo? Eso no tiene sentido. He llegado a la conclusión de que tengo que dejar atrás mi pasado. Cuba es mi pasado, y tú eres mi pasado. Quedémonos como amigos, por favor.

—Voy a demostrarte que te merezco —dijo Rodolfo, apartando la mirada de la carretera por un momento para mirarla—. Solo dame una oportunidad.

—No compliquemos las cosas —dijo ella—. Un día, regresarás a Cuba, encontrarás a la chica que dejaste atrás y yo solo seré un recuerdo. Mi vida está aquí en los Estados Unidos.

—¿Quién dijo que tenía planes de regresar? —preguntó Rodolfo, sacudiendo la cabeza.

—Tu mamá te obligó a venir. No tienes nada en contra del sistema político que me lo quitó todo —dijo Lissy, con un rápido disparo de palabras.

—¿Y a mí no? —preguntó él, mirándola por un momento antes de volver la vista a la carretera.

—Ese gobierno no deja que mis padres se vayan. ¿No crees que eso cambió las cosas para mí? ¿Crees que me importa un comino el gobierno de Castro?

—No sé lo que piensas. Nunca has sido muy elocuente acerca de tu posición en lo que respecta a la política, mientras que yo sé perfectamente que detesto a ese gobierno y a cualquier cosa que me recuerde de todo lo que he perdido.

—Tampoco me interesa ese gobierno, y no tengo ningún interés de regresar a Cuba, a no ser para visitar a mi familia. Y ni siquiera sé si ese día llegará. Perdona que no te dijera esto antes. No me gusta hablar sobre mis sentimientos.

Rodolfo respiró hondo. Esta no era la forma en que se había imaginado esta noche, pero darse por vencido no era una opción que estuviera dispuesto a considerar. Se quedaron en silencio hasta que se detuvo frente a su casa.

—Lissy —dijo, mirándola—. Te conozco mejor que nadie. Tienes un corazón bueno y siempre estás ayudando a lo demás. Entiendo que las cosas no fueron exactamente como deberían haber sido. Pero debes entender que acababa de llegar a este país. No tenía ni un auto, ni dinero. Tú, por otro lado, viniste de una familia de un estado económico diferente. Nunca pensé que alguien como tú estaría interesada en alguien como yo.

—Entonces, ¿por qué ahora? —dijo ella

—Ya tengo un trabajo y un automóvil. No es mucho, pero también planeo ser ingeniero algún día. No ganaré tanto como un médico, pero espero que eso cuente para algo. Mira... lo que sé es que estoy dispuesto a luchar por ti si me lo permites, y si crees que merezco a alguien como tú.

—Nunca me interesó que no tuvieses carro o dinero. No pienso de esa forma.

—Entonces no te cases con tu novio, por favor. ¿Podrías prometerme eso?

En la casa de Lissy, las luces del portal estaban encendidas, y Rodolfo notó que alguien miraba a través de las cortinas.

CAPÍTULO 14

—Cuando sea ingeniero y obtenga un trabajo que sea digno de ti, te pediré que te cases conmigo. Esa es mi promesa.

—No puedes prometer eso —dijo ella—. Todavía faltan dos años para que te gradúes. Pueden pasar muchas cosas en ese tiempo.

—Nada cambiará lo que siento por ti.

—Conocerás a otras muchachas —dijo ella.

—No quiero a nadie más.

Rodolfo se dio cuenta de que alguien había abierto un poco la puerta. Concluyó que tenía que ser la madre de Lissy.

—No puedo prometerte nada —dijo ella.

—Solo prométeme que no te casarás. Eso es todo lo que te pido.

—¿Podemos quedarnos de amigos por ahora? —preguntó ella.

—Si eso es lo que quieres, sí. Pero no puedo prometerte que no dejaré de intentar cambiar de opinión.

—Será más simple si nos quedamos como amigos.

Momentos después se dieron, el uno al otro, un beso de despedida en la mejilla, pero ella no permitió que la acompañara hasta la puerta. Sin embargo, él permaneció estacionado frente a su casa hasta que ella entró y las luces del portal se apagaron. Luego se alejó pensando que nada sería simple en el futuro. Estaba enojado consigo mismo, por no ver lo obvio, y dejarla escapar. La idea de tener su cuerpo tan cerca y sentir la dulzura de sus besos, lo enloquecían, y por primera vez en su vida, decidió no dejar que las situaciones definieran su futuro. Estaba listo para luchar por ella.

CAPÍTULO 15

Rodolfo y Lissy decidieron tomar clases en la universidad durante el verano, por lo que él, considerando lo ocupado que estaban los dos, se vio forzado a encontrar un método menos convencional que una llamada telefónica, o una cita, para transmitirle lo que sentía por ella. Fue entonces que decidió enviarle cartas, como las que su abuelo materno le enviaba a su abuela en Cuba, antes que se casaran, durante un tiempo en que mantuvieron una relación secreta. Saber cómo enamorar a una mujer a través de cartas no estaba en el arsenal de habilidades de Rodolfo, por lo que tuvo que aprender cómo hacerlo, visitando la biblioteca y leyendo libros al respecto. En su primera carta a Lissy le escribió:

Querida Lissy:

Encontrarás este método de conquistar tu corazón un poco heterodoxo para los tiempos modernos, pero a través de estas cartas, espero transmitir lo que no puedo por otros medios. Admito que cuando te conocí, estaba perdido. Trataba de encontrar-

me a mí mismo en un nuevo país que no entendía, y abriste mi camino con una sonrisa que no pudiera ser replicada por los pintores más talentosos. Al mismo tiempo, a través de los meses y los años, te has convertido en mi luna, mis estrellas y mi sol. Lo eres todo para mí.

A veces, se necesitan ciertos eventos en la vida para guiarnos hacia lo obvio. En nuestro caso, en el momento en que dijiste que estabas considerando casarte con otro, fue como si un rayo hubiera descendido por mi cuerpo. Entonces me di cuenta que no podía dejar que te desvanecieras de mi vida, que no pertenecías a los brazos de otro, sino a los míos. Mis brazos están ansiosos de abrazarte, y mi mano está lista para sostener la tuya hasta el último día de mi vida.

No dejaré de escribirte hasta que tu corazón se abra para dejarme entrar. Así que te hago esta promesa. Cada dos semanas, recibirás una carta mía hasta que me digas que sí. Todas las noches, cuando mire al cielo, nos imaginaré a los dos en la arena, mis labios perdidos en los tuyos, tu luz guiándome a casa.

Te amo, Lissy.

Tuyo siempre, Rodolfo.

Cada dos semanas, después de escribir la primera carta, Rodolfo escribió otra, y luego otra. Cada una era más intensa que la anterior, mientras que continuaba leyendo, en la biblioteca, cartas de amor escritas por otros hombres. No copió el contenido de las que encontró en su investigación, pero a través de ellas, aprendió cómo descubrir sus sentimientos más profundos y llevarlos al papel. Una vez que terminó de escribir su octava carta, se preguntó si estaba perdiendo el tiempo. Todavía ella no había respondido a ninguna de ellas, aún cuando en la última le había pedido que se casara con él después de la graduación.

Finalmente, en la novena semana, su tía le dijo que había llegado una carta para él. Martica no estaba segura de quién la había enviado porque la sección del remitente estaba en blanco. Rodolfo tomó el sobre y se dirigió a su dormitorio. Cuando extrajo la carta, escrita a mano, y cuidadosamente doblada, respiró hondo, ya que inmediatamente reconoció la letra de Lissy. Se sentó en el borde de la cama y comenzó a leer.

Querido Rodolfo,

Siento mucho no haber respondido a ninguna de tus cartas, pero las he leído todas y he guardado cada una de ellas, ya que me han permitido descubrir una parte de ti que nunca pensé que existía, y estoy impresionada y conmovida por tu sensibilidad.

En los últimos cuatro meses, los recuerdos de la noche en la playa me han provocado sentimientos que no había experimentado antes, lo que me llevó a concluir que no era justo continuar mi relación con mi novio. Ahora me doy cuenta que no puedo reaccionar con él de la manera en que me siento cuando estoy contigo. Esto no significa que esté lista para bajar mi guardia.

Desde el día en que te conocí, solamente tenía ojos para ti, y, en aquel entonces, me tomó un tiempo llegar a la conclusión de que nunca me mirarías como a nada más que una amiga. Cuando más tarde me dijiste que tenías una novia, una rubia bonita, con valores diferentes a los míos, me dolió mucho. Me di cuenta que no podría competir con ella porque no podía entregarme a ti en cuerpo, como ella lo hacía. Estaba celosa, y los celos son como una serpiente que nos devora lenta y dolorosamente. Mi respuesta fue hacer lo que tú hiciste, encontrar a alguien que era opuesto, dialécticamente, al hombre que amaba.

Traté de convencerme a mí misma de que él era la persona adecuada para mí, y por un tiempo lo creí. Eso fue hasta esa noche en la playa. Tenía tanto miedo de perderme cuando me tenías en tus brazos. Todavía me da miedo, porque de muchas maneras, sigo siendo la adolescente ingenua que se ofreció a ayudarte cuando llegaste a mi clase por primera vez.

A diferencia de tu ex novia y de cualquier otra muchacha con la que hayas estado, nadie me ha robado mi inocencia. Mi madre me ha estado adoctrinando durante años a que espere hasta el matrimonio, antes de entregarle mi cuerpo a alguien, y hasta la fecha, me siento avergonzada de admitir que sigo esperando. Solo sé que mi alma, siempre ha sido tuya. Por favor, no te rías. Estoy segura que existen pocas mujeres de mi edad como yo, y es probable que muchas de ellas sean cubanas. Espero que guardes mi secreto, como he mantenido tantos secretos que has compartido conmigo.

Si es cierto que quieres casarte conmigo después de tu graduación, como dijiste en tu última carta, porque sólo entonces te sentirás con la capacidad de atenderme, con lo que piensas que merezco, pues esperaré. Pero date cuenta que hasta entonces, debemos limitar nuestras interacciones fuera de nues-

tros hogares. Entiendo que tienes necesidades que no puedo satisfacer, al menos todavía, así que si es necesario que estés con otras mujeres, lo entenderé, pero prefiero no saberlo.

En el momento en que le digamos a nuestras familias cómo nos sentimos el uno por el otro, la vida se volverá más complicada. Conozco a mi madre, así que prepárate para lo que viene. Si todos los sentimientos que has compartido conmigo en tus cartas son ciertos, ven este fin de semana a mi casa y habla con mi madre, y con mi padrastro, por supuesto. A pesar de nuestras diferencias, él ha estado presente para mí todos estos años y merece mi respeto.

Nunca pensé que diría estas palabras: Te quiero. Nos veremos pronto.

Tu Lissy.

Rodolfo se sentó en el borde de la cama con una amplia sonrisa en su rostro. No podía creerlo, ni controlar las lágrimas que, en ese momento, le rodaron por su rostro. ¿Qué diría su padre si supiera que la carta de una mujer lo hizo llorar? ¿Qué diría Arturo? La idea de un futuro con Lissy lo hacía sentirse completo. Era la primera vez que se sentía así después de salir de Cuba.

De pronto, un suave toque en la puerta lo distrajo.

—¿Está todo bien? —dijo Martica, desde el otro lado de la puerta.

—Sí, tía Martica—dijo, secándose el rostro—. Puedes pasar.

Ella entró a la habitación con un delantal sobre su vestido azul.

—¿Y bueno, quién te escribió?

156

CAPÍTULO 15

—Lissy—dijo, sin pensar.

—¿De qué? ¿Está bien?

—Le pedí que se casara conmigo, ¡y ella dijo que sí! —dijo triunfante.

—No entiendo. Pensé que ella estaba saliendo con otro muchacho.

Rodolfo sonrió y colocó su brazo alrededor de Martica.

—Es complicado, tía Martica.

—¡Dios mío!—dijo, dándole un abrazo—. No puedo creerlo. ¡Lo sabía! Desde el momento en que vi a esa chica, le dije a Arturo que era perfecta para ti. ¡Lo sabía! ¡Estoy tan feliz por ti!

Se abrazaron, y luego ella salió corriendo del dormitorio para contarle la noticia a Arturo.

CAPÍTULO 16

Rodolfo esperaba, afuera de la biblioteca, a que Lissy terminara su clase de Química Orgánica, cuando notó que una hermosa muchacha rubia, con porte femenino y un vestido amarillo que flotaba en el viento al caminar, se le acercaba y lo miraba con una sonrisa familiar.

—¡Dios mío, no lo puedo creer!—dijo en español—. Apenas te reconocí. Estás tan alto y apuesto.

Ella le dio un abrazo, como si lo conociera.

—Lo siento, pero ¿de dónde me conoces?— preguntó Rodolfo, encogiendo las cejas y ladeando ligeramente la cabeza.

—No me digas que ya olvidaste tu visita a mi apartamento en la Costa del Sol.

La muchacha elevó su frente de forma sugestiva al decir esto.

—¿Aida?

—¡Te acuerdas de mí!—respondió ella con alegría, pellizcándole suavemente la mejilla.

—Sí, claro, cómo me puedo olvidar—dijo Rodolfo, sacudiendo la cabeza. Entonces, los recuerdos de ese día trajeron una sonrisa pensativa a su expresión, por un momento, pero luego, se sacudió sus pensamientos y agregó: —Entonces... ¿qué estás haciendo? ¿Eres estudiante aquí?

—Acabo de graduarme con un Bachelor's en Psicología, pero hoy vine para reunirme con unos amigos, y regresaré a España en un par de días... ¡Oye! Tengo una idea. ¿Por qué no empezamos donde terminamos la última vez? Así celebramos los viejos tiempos

—Gracias por la oferta, pero no puedo.

—Vamos —le rogó ella, colocándole la mano en el codo—. Te prometo que te vas a divertir. No seas tan aburrido.

—Lo siento, pero estoy comprometido —dijo Rodolfo.

Con una sonrisa coqueta, ella le respondió:

—No me molesta. No soy celosa.

Rodolfo sacudió la cabeza y le dijo:

—No cambias.

Fue entonces que escuchó una voz familiar detrás de él.

—¡Terminé con mi clase!

Reconociendo la voz de Lissy, se volvió nerviosamente.

—Hola Lissy—dijo besándola en la mejilla—. Bueno... ¿lista para irnos?

—¿No me presentarás a tu amiga? —preguntó Lissy, mirando a Aida de arriba abajo.

—Sí, por supuesto—respondió Rodolfo, mientras que sentía la sangre corriéndole a la cabeza—. Lissy, ella es Aida.

Aida besó a Lissy en la mejilla.

—Es un placer conocerte, Lissy—dijo Aida, examinando visiblemente a su competencia—. Eres muy bonita.

Luego, volviéndose hacia Rodolfo, añadió:

—Tienes buen gusto con las mujeres.

—¿Y cómo se conocieron ustedes?—preguntó Lissy.

—¿No te lo dijo? —respondió Aida.

Lissy miró a Rodolfo.

—No, no me dicho nada.

—Fue hace mucho tiempo atrás, así que no te preocupes. Tuvimos una noche de diversión, y eso fue todo. De todos modos, los dejaré tranquilos. Fue genial verte, Rodolfo. Lástima que estés ocupado. Hubiera sido agradable que me actualizaras.

Aida le dio un abrazo de despedida a Rodolfo y un suave beso en su mejilla, y luego se volvió hacia Lissy y colocó su mejilla contra la de ella.

—Hasta que nos volvamos a encontrar—dijo Aida, alejándose y dejando a Lissy y Rodolfo uno frente al otro.

Lissy lo miró y se cruzó de brazos.

—¿Puedes decirme qué está pasando?— preguntó.

—La conocí cuando vivía en España.

—¿Por qué no dijiste nada sobre ella?

Rodolfo se frotó la cara.

—¿Podemos hablar en el carro?

—Sólo tengo un poco de curiosidad—dijo ella, tratando de ocultar su ira.

—Bien—dijo él, y respiró profundamente.

—Estaba en la playa con mi familia, y la conocí allí. Una cosa llevó a la otra, y ella me invitó a su apartamento. Eso es todo.

Lissy esperó a que pasaran algunos estudiantes, antes de hacerle la siguiente pregunta.

—¿Y ustedes...?

—Lissy, no vayas ahí.

—Es solo una pregunta.

Nuevamente, Rodolfo respiró hondo.

—Sí —dijo—. Ella fue la primera.

Lissy levantó su barbilla un poco, y acercó sus cejas. Rodolfo pareció darse cuenta de su decepción.

—Vámonos—dijo ella con tristeza—. Se está haciendo tarde.

Dio la vuelta y comenzó a caminar hacia el parqueo con pasos rápidos.

—¿Hice algo mal?—preguntó Rodolfo, tratando de alcanzarla.

En vez de responder, ella aceleró sus pasos hacia el estacionamiento, y lo esperó junto al automóvil. Él abrió la puerta de pasajeros primero y la dejó entrar. Cuando los dos estuvieron dentro, él encendió el motor y la miró.

—Nunca te lastimaría, Lissy. Eres el amor de mi vida. Tienes que saber eso.

Rodolfo notaba que ella estaba a punto de estallar en sollozos.

—Por favor, di algo—dijo él, buscando su mano. Lissy volteó la cabeza hacia la ventana. Después de un momento de reflexión silenciosa, sus ojos miraron distraídamente hacia el parabrisas y luego hacia abajo.

—Me siento inútil—dijo Lissy, encogiéndose ligeramente de hombros—. Eso es todo.

—¿Por qué?—preguntó Rodolfo, acariciando su barbilla con sus dedos.

Pero ella no podía mirarlo, por lo que sus ojos se enfocaron en la alfombra del carro, mientras respondía:

—Es que la manera en que me crié, me hace sentir inadecuada.

Hizo una pausa y levantó la cabeza. Luego, sus ojos se encontraron con los de él.

—Desearía poder ser la mujer que necesitas, sin la culpabilidad que me invade cada vez que pienso en que estamos juntos antes de casarnos.

—Estoy bien con tu decisión. No te preocupes.

—Existen otras maneras en que pudiera complacerte sin...

—Oh, mi bella Lissy—dijo Rodolfo, colocando su brazo alrededor de ella y besándola en los labios. Ella comenzó a llorar.

—No llores, mi princesa. No tienes que hacer nada que te haga sentir incómoda. Recuperaremos todo el tiempo perdido después de casarnos.

—Eres tan bueno conmigo —dijo ella, dándole un abrazo. Se besaron otra vez, apasionadamente, hasta que, de pronto, Rodolfo dejó de besarla.

—Lo siento—dijo él, recostándose contra su asiento y dejándola ansiosa por sus besos—. Esto no me está ayudando.

Ella comenzó a reírse como una adolescente cuando se dio cuenta de lo que lo había hecho detenerse.

—No esperaba que mis besos te harían tan feliz—dijo ella—. Lo siento.

Rodolfo hizo un gesto negativo con la cabeza.

—Estás disfrutando al verme así, ¿verdad?

Ella respondió con una sonrisa, y él sacudió la cabeza y comenzó a retroceder el carro. Mientras tanto, ella no podía dejar de reírse por la reacción que Rodolfo había tenido.

Llevaban juntos alrededor un año, y el amor que se tenían emanaba de ellos como un rayo de sol. Se tomaban de la mano al caminar, y se mira-

ban como si no existiera nadie más. Todos lo nota-
ban. Incluso Arturo, quien al principio se había
opuesto al matrimonio, comenzó a tratar a Lissy
como a un miembro de la familia.

Como Lissy lo había anticipado, su mamá
trató de controlar los preparativos de la boda, mientras que la joven pareja se mantenía firme en su
decisión de tener algo simple, con sólo la familia
inmediata y amigos seleccionados.

Durante los últimos meses, Rodolfo le escribió varias veces a su madre para contarle sobre
Lissy y sus planes de boda, incluyendo fotos en sus
cartas. Después del anuncio, su madre parecía más
alegre, pero luego, como antes, sus cartas se volvieron sombrías.

—Que deseos tengo que regreses aquí, a tu
hogar, aunque sea de visita —le decía su madre en
cada carta.

Pero a medida que pasaba el tiempo, el significado de la palabra 'hogar' se volvía menos clara
para él.

CAPÍTULO 17

—¡Arturo, mi amor, apúrate! —dijo Martica desde la sala, elevando su voz—. ¡Clarita ya casi está aquí!

Rodolfo, Lissy y sus padres estaban sentados en la sala con Martica, todos muy bien vestidos, incluso Martica, quien llevaba un simple collar de perlas y un vestido lila que había hecho para la ocasión.

Clara la ayudó a decorar la casa, donde sobresalía un letrero grande sobre el sofá, con letras blancas sobre un fondo azul, en el que se leía: ¡Felicidades a los graduados! Dos ositos de peluche, vestidos de toga y birretes, ubicados encima de la mesita del centro, completaban, la apariencia festiva de la casa.

Después de un rato, Martica se disculpó y recogió dos de las cuatro tazas vacías de la mesita del centro; Rodolfo tomó las otras dos y la siguió a la cocina.

—Tía Martica—dijo Rodolfo—. Lissy, su familia, y yo tenemos que irnos ahora, porque los graduados tienen que llegar a la ceremonia antes que los demás. Tómate tu tiempo.

—No sé por qué tu tío tarda tanto —susurró ella—. Ya se ha cambiado la camisa, no sé cuántas veces. Creo que está nervioso.

—¿Por qué? —preguntó Rodolfo.

—¿Y tienes que preguntármelo? —dijo Martica, en voz baja, colocando sus manos en sus caderas—. Cariño, ¿no te das cuenta de lo importante que es este día para tu tío?

Sus ojos se llenaron de lágrimas, mientras miraba a su sobrino con admiración.

—Eres un buen muchacho, Rodolfo, y Dios tiene que devolverte lo que has hecho por tu tío, algo que no puede pagarse con ninguna suma de dinero. Sentimos que nuestro hijo nunca podrá regresar, pero cuando Dios te trajo a nuestras vidas, nos dio una parte de lo que habíamos perdido.

Rodolfo colocó su mano sobre el hombro de Martica.

—Ustedes han tomado el lugar de los padres que dejé atrás, tía Martica. Soy yo el que tiene que agradecerles.

La besó en la mejilla y la abrazó.

—¡Nos vemos en la graduación! —agregó Rodolfo.

Martica se secó el rostro.

—Déjame ir a buscar a tu tío—dijo—. Nos vemos pronto.

Momentos después, Rodolfo, Lissy y su familia salieron de la casa, al mismo tiempo que llegaban Clara y su esposo, con el bebé. Se saludaron con abrazos y besos.

—Clara, ahora me voy con Lissy y su familia —dijo Rodolfo—. De lo contrario, llegaríamos tarde a la graduación. ¡Los veo después de la ceremonia!

CAPÍTULO 17

***

Era el 19 de mayo de 1974, y el Centro de Convenciones de Miami Beach estaba repleto de graduados de la Universidad de Miami, vestidos de negro, acompañados de sus familiares y amigos. Sentado en un mar de togas y birretes, Rodolfo buscaba a Lissy con la mirada. Al no poder encontrarla, se levantó brevemente, mirando alrededor de su perímetro. Entonces la vio, agitando sus manos, y le devolvió el saludo con una sonrisa feliz. Momentos después, comenzó a buscar a su familia en las gradas, pero había tanta gente que era difícil encontrarla. El sonido de la música de graduación mientras los estudiantes tomaban sus asientos, los vítores y la felicidad que envolvía el lugar, hicieron que Rodolfo pensara en sus padres. Se los imaginó, saludándolo desde las gradas, a la madre vestida con un elegante vestido azul y su padre con una guayabera blanca de mangas largas. Sus ojos se llenaron de emoción, obligándolo a mirar hacia abajo y a limpiarse una lágrima que estaba a punto de rodar por su rostro.

Cuatro años de arduo trabajo lo habían llevado a este día, y ahora, su vida cambiaría de una manera inimaginable. Estaba quedando atrás el cubanito que apenas hablaba inglés, reemplazado por un ingeniero que pronto se convertiría en ciudadano estadounidense. Rodolfo y Lissy habían hablado de buscar un lugar propio donde constituir un hogar, pero Martica insistió en que él y Lissy vivieran con ellos, por lo menos durante un par de años, hasta que ahorraran suficiente dinero para comprar una casa. Esto les daría un comienzo más sólido en su comienzo como marido y mujer.

Rodolfo tenía otra razón para celebrar. El "draft" había terminado, por lo que no tendría que dejar a Lissy detrás para irse a Vietnam. La vida le sonreía, y no podía estar más feliz. Sin embargo, otras sorpresas, no tan agradables, esperaban en su camino. Unos minutos después de que los oradores concluyeran sus discursos, los estudiantes comenzaron a dirigirse hacia el escenario para recibir sus diplomas. Cuando el anunciador los llamó, uno por uno, caminaron por la plataforma, vitoreados por la multitud, mientras su futuro esperaba del otro lado. Al final de la hermosa ceremonia, las familias se reunieron afuera para esperar a sus graduados. Parado en el medio de la multitud, buscando ansiosamente una cara familiar y pareciendo un cachorro perdido, a Rodolfo le tomó un buen tiempo reunirse con Lissy y su familia. Cuando al fin los encontró, hubo un momento emocionante entre abrazos y felicitaciones que quedaron grabados en varias fotografías. Pero al no encontrar ninguna señal de su familia, él y Lissy comenzaron a buscarlos por todas partes, mirando inquietos hacia todos los lados, mientras las familias comenzaron a irse. Por fin, vio a Clara sosteniendo a su bebé en los brazos, con su esposo a su lado. Los llamó por sus nombres, y en el momento en que Clara lo escuchó, alzó una de sus manos hacia él, sujetando con la otra al pequeño hijo.

Cuando Clara y su esposo comenzaron a caminar hacia él, Rodolfo se dio cuenta de que Arturo y Martica no estaban con ellos. Clara los besó y abrazó a todos, pero la forma en que los miraba le hizo pensar a Rodolfo que algo estaba mal.

CAPÍTULO 17

—¿Dónde están tus padres? —preguntó Rodolfo, con ansiedad.

—Te lo explicaré más tarde. Tomemos algunas fotos primero.

Rodolfo no quería contradecirla, pero estaba preocupado. En cuanto se tomaron algunas fotos, se excusó y llamó a Clara a un lado.

—¿Está todo bien? —le preguntó. Ella negó con la cabeza.

—A papá se lo llevaron para el hospital con dolor en el pecho. Este día ha sido demasiado emotivo para él.

—Pero no entiendo—dijo Rodolfo—. Pensé que esto era lo que él quería.

—Así es. Creo que los recuerdos de mi hermano...

Clara comenzó a llorar y Rodolfo la abrazó. Cuando Lissy y su familia se dieron cuenta, se unieron a ellos y le preguntaron qué estaba pasando.

—¿Qué estamos esperando? —preguntó Lissy, al escuchar la noticia—. ¡Vamos al hospital! Nos necesita allí con él. Rodolfo la miró, le tomó la mano y asintió.

CAPÍTULO 18

A pesar de la insistencia de la enfermera en que sólo una persona podía acompañar a Arturo, la familia entera, poco a poco, fue entrando a su habitación. Para entonces, ya habían sometido a Arturo a una serie de pruebas y se sentía mejor que cuando llegó al hospital. En lugar de permanecer callado, como solía hacer, hablaba con los hombres sobre la política, mientras que las mujeres comentaban acerca de la boda que se avecinaba.

Al entrar a la habitación de Arturo, la enfermera levantó la frente, alarmada ante las múltiples conversaciones que se oían.

—Lo siento —dijo —. Sólo uno de ustedes puede quedarse aquí. El resto, por favor, esperen en la sala de espera.

Martica le suplicó a la enfermera que los dejara allí, pero al final, todos tuvieron que despedirse de Arturo y comenzar a salir de la habitación.

—Rodolfo—dijo Arturo, mientras todos se dirigían hacia la puerta—. ¿Puedes quedarte?

Luego, volviéndose hacia su esposa, agregó:

—Martica, Rodolfo te avisará cuando terminemos de hablar.

Martica asintió.

—Por supuesto, mi amor. Estaré afuera. Rodolfo, si necesita algo, por favor, ven por mí.

Después que la familia los dejó solos, Arturo permaneció en silencio por un rato, y Rodolfo se sentó en una silla al lado de su tío, mirando alrededor de la habitación, y, de vez en cuando, moviendo las piernas.

—¿Necesitas algo, Arturo? ¿Agua, jugo, cualquier cosa?

—Ya no necesitas llamarme Arturo. Tío o tío Arturo está bien.

Rodolfo asintió, mientras Arturo sacudía la cabeza y sonreía con una mirada de admiración en sus ojos.

—¡Coñó! —dijo. Era la primera vez que Rodolfo escuchaba a su tío maldecir, pero en este caso, el tono de la palabra no contenía ira sino con asombro—. ¡No puedo creerlo! ¡Finalmente lo lograste! Por fin tenemos un ingeniero en la familia, y después que te cases con Lissy, también tendremos un médico.

Rodolfo sonrió.

—Estoy muy orgulloso de ti —dijo Arturo.

—Gracias, tío, pero ahora que tus deseos se hicieron realidad, tienes que empezar a cuidarte más.

—No sé lo que pasó —replicó Arturo, acercando sus cejas y meditando sobre lo sucedido —. Estaba en tu cuarto, mirando algunas fotos y... todo comenzó a girar a mi alrededor. Por suerte, como la cama ahora está en el medio del cuarto, pude aguantarme de ella antes de caer al suelo.

—Trabajas demasiado, tío —dijo Rodolfo.

—Martica está exagerando. Esto no es nada serio, sólo que me estoy poniendo viejo.

—Los doctores necesitan confirmar que no exista otro problema. Ya tuviste un ataque al corazón.

Arturo agitó la mano con desdén.

—¿Puedes hacerme un favor? —preguntó Arturo, y sin esperar a que su sobrino le respondiera, agregó: —¿Ves esa bolsa de plástico en la silla? Mi billetera está adentro. Tráemela.

Rodolfo obedeció. Arturo desdobló su billetera, sacó una fotografía y se la dio a Rodolfo.

—Este era mi hijo, Fernandito.

Rodolfo examinó la foto por un momento. Había visto otras de su primo en la habitación, pero en esta se parecía más a él que en las demás.

—Es cierto lo que dijo Clara. Parecemos hermanos —dijo Rodolfo, y le devolvió la fotografía a su tío.

—Cuando saqué a mi hijo de Cuba, él tenía quince años —dijo Arturo, mientras contemplaba la foto—. Todo lo que siempre quise fue salvarlos a él y a mi familia de aquel sistema. ¡Eso era todo!

La voz de Arturo se quebró al decir esto, y sus ojos se llenaron de lágrimas. Arturo golpeó la cama con los puños cerrados.

—¡Maldita sea! ¡Mi hijo era mi vida, coño!

Hizo una pausa y respiró hondo.

—A veces me pregunto qué hubiera pasado si nos hubiéramos quedado en Cuba. Lo único que sé es que le fallé a él y a Martica, porque ella, cuando más me necesitaba, cuando el cuerpo de mi hijo estaba en una funeraria, fue quien tuvo que manejar todos los arreglos porque yo, el hombre fuerte, el hombre que en un momento de su vida pensó que era invencible, me derrumbé.

Arturo comenzó a llorar.

—Les fallé...

Al verse Arturo colmado de recuerdos de su hijo, no pudo terminar su frase, por lo que Rodolfo se levantó de su silla, le dio una palmadita en el hombro, un pañuelo desechable, y un vasito de agua.

—Vamos, tío—dijo Rodolfo—. Hablar de esto, ahora, no es bueno para ti.

Arturo tomó un sorbo de agua e inhaló profundamente.

—No me puedo imaginar cómo debe haber sido para Martica—continuó Arturo, mientras se limpiaba la cara con el pañuelo—. Recuerdo que mi madre siempre me decía que no existía mayor amor que el amor de una madre. Sin embargo, cuando perdí a mi hijo, cuando él me dejó, se llevó mi alma con él. Se llevó mi capacidad de sentir, de amar y de preocuparme por cualquier cosa, o por cualquier otra persona. Sólo me imagino cómo Martica, ese ángel de mujer, la mujer que lo llevó dentro de ella durante nueve meses, que habría dado su vida por la suya, imagínate cómo se debe haber sentido. Pero no pude ayudarla. Es por eso que desde entonces, me encerraba en el Cuarto de Cuba, como lo llama Clarita, con las fotos de mi hijo, con mis recuerdos de Cuba, para poder revivir ese jodido dolor una y otra vez, porque sólo entonces podía sentir algo.

Las emociones de Rodolfo se acumularon en las esquinas de sus ojos. Se sentó en la silla junto a la cama de su tío y le palmeó suavemente el brazo.

—¿Cómo murió? —preguntó Rodolfo.

—Recién comenzaba a ir a la universidad, y se fue con un amigo a almorzar—dijo Arturo, mientras se secaba una lágrima—. Nunca vieron el camión que se acercaba. Murió instantáneamente...

Hizo una pausa por un momento y volvió a mirar a la imagen de su hijo.

—Aunque yo sólo quería salvarlo, al traerlo aquí, lo maté —dijo Arturo.

—No puedes pensar de esta manera, tío Arturo—dijo Rodolfo, acercando su silla a la cama—. Mi abuela siempre decía que todos vinimos a este mundo con nuestro destino escrito. Además, no soy muy religioso porque en Cuba las personas no pueden practicar abiertamente la religión, pero Clara y tía Martica creen que mi primo está en el cielo y que nos está mirando desde arriba. Tal vez tengan razón, ¿no crees?

—No sé qué pensar —dijo Arturo—. He estado tan enojado con Dios por llevárselo. No es justo, ¿sabes? Hay tanta gente cometiendo crímenes, que venden drogas y que matan. Y me sigo preguntando, ¿por qué Dios le quitó la vida a un muchacho bueno que acababa de comenzar la universidad, a alguien que siempre estaba ayudando a los demás, que podría haber hecho tanto bien? No tiene sentido. Lo extraño tanto, y me recuerdas a él. Tienes el mismo brillo en tus ojos.

Arturo hizo una pausa y sonrió al recordar el pasado.

—¿Sabes? Cuando estaba creciendo, lo llevaba al parque a jugar pelota. ¡Cómo le gustaba! También jugaba dominó conmigo. Hacía cualquier cosa para verme feliz.

Rodolfo sonrió y asintió con la cabeza.

—Cuando era pequeño, mi papá y yo también íbamos al Parque Santos Suárez a jugar pelota. Buenos recuerdos.

CAPÍTULO 18

—Deberíamos hacer eso cuando salga del hospital—sugirió Arturo.

—Primero aclara eso con tu doctor y con la Dra. Martica.

Ambos sonrieron. Rodolfo se quedó con su tío por un tiempo más.

—Rodolfo, será mejor que busques a Martica. Debe estar preocupada. Gracias por escucharme.

—Cuando quieras hablar, estoy aquí para ti —dijo Rodolfo y abrazó a su tío antes de salir de la habitación.

Más tarde, cuando el médico llegó, Martica ya había relevado a Rodolfo. Fue entonces cuando se enteró de que el episodio de Arturo se debió a su renuencia a tomar su medicamento para la presión arterial.

—Es muy importante que usted mantenga la presión bajo control—dijo el médico—. Si no quiere tener un derrame cerebral, tome su medicamento.

—Voy a estar al tanto de eso, doctor—dijo Martica—. Nuestro sobrino se va a casar pronto, y mi esposo es el padrino de la boda, así que tiene que cuidarse para eso y para sus nietos. Además, no sé lo que haría si lo perdiera.

Arturo tomó una mano de su esposa entre la suya.

—Tiene una buena esposa—dijo el médico—. Hágale caso.

—Estoy muy de acuerdo, doctor, es una buena esposa —dijo Arturo.

Esa noche, Arturo fue dado de alta y durante las siguientes semanas, los preparativos para la boda de su sobrino se convirtieron en el punto focal de la vida familiar.

CAPÍTULO 19

Después de la graduación, la firma donde trabajaba Rodolfo le dio un trabajo de tiempo completo como ingeniero principiante, y el salario que llevaba a casa se duplicó. A pesar de tener ingresos más altos, se mantuvo conservador con sus gastos, pero insistió en devolverle a su tío el dinero con que había contribuido a su educación. También tuvo que considerar la inflación desenfrenada que existía, lo que significaba que una parte de su salario neto se consumía por los precios más altos de los bienes de consumo. Al menos, no tenía que preocuparse por la educación de Lissy, ya que estaba cubierta principalmente por becas, con Jerry pagando los costos restantes. Jerry también pagó la mayoría de los gastos de la boda. Le dijo a Lissy que ese sería su regalo.

Lissy y Rodolfo decidieron casarse en el verano, por lo que su luna de miel no interferiría con el primer semestre de Lissy en la escuela de medicina.

Dos meses después de la graduación, Rodolfo se encontró de pie frente al altar en la Iglesia Católica de San Juan Bosco en la avenida Flagler. Arturo, su padrino, estaba a su lado, mientras esperaba que Lissy ingresara a la iglesia.

Aunque habían tratado de mantener la boda lo más reducida posible, setenta y cinco invitados asistieron a la ceremonia. Entre ellos se encontraban exiliados cubanos, la mayoría en sus cuarenta y cincuenta años, que habían dejado a sus hogares, ya adultos, para comenzar una nueva vida en Estados Unidos; sus hijos, que cada día se encontraban cada vez más tejidos en la trama de la sociedad norteamericana; y sus amigos, muchos jóvenes, extrovertidos y curiosos sobre los cubanos y su cultura.

Rodolfo nunca se vio más feliz que cuando apareció su novia, su largo cabello negro en espesos rizos rebotando contra su vestido de encaje blanco, sus ojos negros adornados por largas pestañas y una delgada línea marrón debajo de ellos. Cuando la vio, su sonrisa se convirtió en un sol, y cuando sus miradas se cruzaron, su amor parecía penetrar cada esquina de la iglesia, envolviendo a los invitados. Entonces las parejas, entre la multitud, se tomaron de la mano y, durante un breve momento, se miraron antes de volver sus ojos a la joven pareja que estaba a punto de comenzar su nueva jornada.

Arturo se vio atrapado en la magia que envolvía a la iglesia, especialmente después de que la novia y el novio se tomaron de la mano. Cuando vio a su sobrino y a Lissy, uno al lado del otro, intercambiando miradas nerviosas mientras que el sacerdote leía las Escrituras, sus ojos brillaron de alegría. Arturo luego miró a Martica, quien le sonrió, mientras que sus ojos se llenaban de lágrimas de felicidad.

CAPÍTULO 19

Después de la lectura de las Escrituras y las promesas entre los novios, el sacerdote declaró a Rodolfo y a Lissy marido y mujer. Rodolfo se volvió hacia su novia, notando el resplandor en sus ojos, y se besaron, un beso lleno de amor que hizo que la multitud se levantara de sus asientos y vitoreara.

La recepción se realizó en un salón de banquetes; nada extravagante, pero representativo de la simplicidad que la pareja compartía. Y cuando llegó el momento del baile de padre e hija y el de madre e hijo, Jerry bailó con Lissy y Martica con Rodolfo, mientras que Lissy pensaba en su padre muerto, y Rodolfo en los padres que había dejado atrás.

Después de la recepción, la pareja pasó dos noches en el Hotel Biltmore, un regalo de Martica, que ella pagó con los ingresos de sus trabajos de costura, a pesar de las quejas de su marido, que muchas veces le dijo que estaba botando el dinero. Un día, después de una acalorada discusión, ella se levantó de su sillón, se acercó a Arturo y colocó su mano en la de él.

—Déjame tener al hijo que perdí, aunque sea por un día. Déjame darle a Rodolfo lo que le hubiera dado a nuestro hijo —dijo entonces, con los ojos llenos de emoción. Arturo se dio cuenta de que aquella era una pelea que no iba a ganar.

***

Cuando el recepcionista le entregó la llave de la habitación a Rodolfo, él y Lissy intercambiaron sonrisas y miradas traviesas.

—Estoy tan feliz—dijo ella, mientras caminaban hacia la habitación.

—Yo también. Te amo, mi bella Lissy.

Más tarde, cuando al fin se encontraron solos, Rodolfo la abrazó y la besó en los labios. Entonces la pasión que tenían se derramó en forma de besos desesperados, y deseos desenfrenados. Cuando él trató de quitarle el vestido, ella tembló.

—¿Tienes miedo?—le preguntó, besándola suavemente en las mejillas.

—Es mi primera vez... Estoy avergonzada —susurró.

Él sonrió y acarició su rostro.

—Estoy tan enamorado de ti—dijo Rodolfo—. Voy a hacer las cosas más fáciles para ti. Vámonos a la cama, y puedes quitarte el vestido debajo de las sábanas. ¿Está bien?

El tímido encogimiento de hombros de ella transmitió su aceptación. Una vez que ambos estuvieron en la cama, él se desnudó por completo, y ella todavía vestida, deslizó su vestido hasta el torso y se quitó su ajustador.

—Ahora necesitaré un poco de ayuda para quitarme este vestido—dijo ella, riéndose—. Dios mío, debes pensar que esta es la peor noche de bodas del mundo.

—Pues no. Es como me lo había imaginado.

Se besaron de nuevo de una manera lúdica, y ella levantó su cuerpo para permitirle que quitara su vestido. Una vez que se desprendieron de todas las prendas, él la tocó en lugares que nadie había tocado, llenándola de deseos, pero también provocando su risa.

—¿Y ahora qué pasa? —preguntó él.

Ella siguió riéndose, hasta que logró controlarse y reducir su risa a una sonrisita.

—Me portaré bien—dijo ella—. Te lo prometo.

CAPÍTULO 19

Después de un rato de caricias y besos juguetones, él colocó su cuerpo encima de ella y consumaron su matrimonio con pasión y promesas. A pesar del dolor que ella sintió cuando él perforó su virginidad, el placer de sus caricias, la exaltación provocada por sus labios cálidos sobre su piel, la hizo gritar de éxtasis.

A la mañana siguiente se despertaron abrazados, felices de haberse encontrado, enaltecidos por la confianza en la vida que les esperaba.

CAPÍTULO 20

Durante la presidencia de Richard Nixon, se desarrolló una crisis energética que provocó el racionamiento de combustible y largas colas en las estaciones de gasolina. La inflación desenfrenada condujo a controles de salarios y de precios, y a un estado general de caos, al que la familia de Rodolfo no fue inmune. Para ayudar a Arturo con los gastos, Rodolfo y Lissy aceptaron vivir con ellos, lo que permitió a la pareja ahorrar dinero mientras Lissy asistía a la escuela de medicina.

El 25 de julio de 1974, Arturo y su familia escucharon el discurso televisado del presidente Nixon sobre el estado de la economía. En éste, el Presidente atribuyó la declinación económica a una disminución en la producción mundial de granos, como resultado del mal tiempo; a la cuadruplicación de los precios del petróleo provocada por las naciones productoras; y al auge económico en las naciones industrializadas. Para entonces, Nixon había retirado todas las fuerzas estadounidenses de Vietnam, tras la firma del Acuerdo de Paz de París en 1973.

CAPÍTULO 20

Después del discurso de Nixon, Arturo no perdió el tiempo para evaluar la situación.

—Son los árabes—dijo—. ¿Por qué tienen que cuadruplicar los precios? ¿No tienen suficiente riquezas?

—Se trata de la interacción entre la oferta y demanda, tío—explicó Rodolfo. Arturo hizo un gesto desdeñoso con la mano.

—No sabes lo que estás hablando, ya que fuiste educado por izquierdistas. Oferta y demanda... Para de hablar tonterías. ¡Como dije, son los árabes!

—Bueno—respondió Rodolfo—. Estoy de acuerdo en que el embargo de la OPEC contra los Estados Unidos no está ayudando la situación.

—¿Crees que sólo porque has ido a una universidad un poco más tiempo que yo, eso me hace un estúpido?

—Nunca te diría eso, tío —dijo Rodolfo con una sonrisa, dándole unas palmaditas en la espalda.

Sonó el teléfono y el alivio en el rostro de Martica fue instantáneo, al dejar a Arturo y Rodolfo en la sala y caminar hacia la cocina a contestar. Se puso feliz cuando escuchó la voz de su hija. —Me alegra que hayas llamado, Clarita —dijo Martica—. Estoy cansada de toda esta política.

—Los hombres y su política—respondió Clara—. Tengo una noticia que alejará tu mente de papá y su discurso, al menos por un tiempo.

—¿Está todo bien?

—Sí, mamá. Entiendo que no estamos viviendo en tiempos ideales para lo que te voy a decir, pero nos arreglaremos.

—¿Qué pasó?

—¡Estoy embarazada!

—¡Oh, no! —dijo Martica.

—Entiendo que la economía no es ideal, pero ¿no estás feliz? —preguntó, como si no hubiera anticipado la reacción de su madre.

—Por supuesto que lo estoy, mi amor—dijo Martica—. Sabes que siempre te apoyaré. Es que acabo de escuchar a tu papá hablando de la situación, y eso me preocupa.

—No te preocupes, mamá—dijo Clara—. Soy gerente de enfermería. Simón también gana buen dinero. Además, te tengo a ti para que me ayudes con el bebé. ¿Quién mejor que tú? Esta situación no puede durar para siempre.

—Perdona mi reacción —dijo Martica—. La inflación, la guerra y las protestas en todo el país... todo esto me asusta, pero intentaré ser positiva. Felicidades a ti y a Simón. Estoy segura que todo saldrá bien.

Sin embargo, el país no había visto el final de los problemas. El 8 de agosto de 1974, Arturo y su familia vieron el discurso de la renuncia de Richard Nixon. Duró unos dieciséis minutos, y durante este, el presidente sólo admitió errores en el manejo de las investigaciones de Watergate. Arturo sacudió la cabeza y presionó sus labios, pero al concluir, se levantó bruscamente.

—¡Esto es una cacería de brujas!—gritó y salió de la habitación.

La indignación de Arturo no terminó allí. Después de la renuncia de Nixon, en cuanto el vicepresidente, Gerald R. Ford, tomó posesión de la presidencia, dijo al público norteamericano:

—Ciudadanos, nuestra larga pesadilla nacional ha terminado.

Su declaración dividió al país y a muchas familias, como la de Arturo. Él apoyaba a Nixon, mientras que Clara estaba de acuerdo con las palabras de Ford. Cuando en septiembre de 1974, Ford perdonó a Nixon por cualquier crimen que pudiera haber cometido durante su presidencia, las acaloradas discusiones entre Clara y su padre sobre el tema terminaron. Pero otro evento despertaría las emociones de Arturo durante la toma del poder de Saigón por los comunistas, en abril del 1975. Por un lado, estaba feliz de que los horrores de la guerra ya no atormentarían al pueblo de Vietnam, pero temía lo que le pudiera pasar al país bajo el régimen comunista. Le dijo a Rodolfo que sentía como si estuviera reviviendo de nuevo la toma de Cuba por Castro. La ira de Arturo durante su conversación con Rodolfo generó inquietudes en la familia, preocupada por el estado de su presión arterial y la efectividad de sus medicamentos.

A insistencia de Lissy, Arturo, acompañado por Martica, visitó a su doctor. La presión de Arturo estaba tan alta que el médico consideró enviarlo a la sala de emergencias. Cuando Martica explicó que el miedo de Arturo a los médicos podría haber afectado su presión, el doctor decidió aumentar su medicación y lo envió a casa.

Mientras la vida en los Estados Unidos enfrentaba una serie de desafíos, Cuba se mantenía con la ayuda de la Unión Soviética. Los escasos productos que el pueblo cubano podía comprar con sus tarjetas de racionamiento provenían de ese país. La presencia soviética también se sintió en el barrio Santos Suárez, donde una mujer rusa se había mudado con su esposo cubano. Eso fue lo que Ana le contó a Rodolfo en una de sus cartas, que le

CAPÍTULO 20

llegaban tres o cuatro veces al año... al menos por un tiempo.

CAPÍTULO 21

Durante los primeros años de matrimonio, Rodolfo y Lissy no pudieron pasar juntos mucho tiempo debido a sus intensos horarios de trabajo y estudios. Mientras Lissy asistía a la escuela de medicina, Rodolfo se preparaba para alcanzar el título de Ingeniero Profesional (PE), lo que requería experiencia y exámenes intensivos. Los fines de semana, a medida que sus estudios se lo permitían, iban al cine o a cafeterías baratas en la Calle Ocho. A la vez, les gustaba mucho pasar el tiempo con sus familias. Los hombres jugaban al dominó y hablaban de política en casa de Arturo, mientras que las mujeres iban al Midway Mall, en la avenida West Flagler, para ayudar a Clara a comprar ropa a sus hijos, o para caminar y disfrutar de su mutua compañía. De vez en cuando, Rodolfo se unía a las damas, desencadenando las burlas de los otros hombres de la familia, quienes le decían que Lissy lo tenía bajo su control. Pero ellas disfrutaban de su caballerosidad, pues siempre les abría la puerta, cargaba sus paquetes pesados y tomaba a Lissy de la mano cuando caminaban por el centro comercial.

—Están tan enamorados —decía Martica, cruzando los brazos sobre el pecho. Ella seguía preguntándoles cuándo iban a venir los bebés.

—A su debido tiempo, tía; no te preocupes —respondía Rodolfo. Tenían primero que pavimentar un futuro financiero sólido.

Al ver pasar los años, Martica se preocupaba. Quería ver a los hijos de Rodolfo crecer y correr por su casa, como la hembra y el varoncito de Clara. Deseaba ser también una abuela para los hijos de Rodolfo.

La fuente principal de discordia entre los miembros de la familia seguía siendo la política. Clara y su esposo eran demócratas. Lo habían mantenido en secreto por temor a que Arturo sufriera un ataque al corazón. Sin embargo, en 1976, cuando llegó el momento de votar, Arturo escuchó a Clara cuando le dijo a Rodolfo que votaría por Jimmy Carter.

—Mi propia carne y sangre votando por un demócrata—dijo Arturo—. Dejé mi hogar en Cuba para que pudieras vivir en un país libre. ¿Y así es como me pagas? ¿Votando por alguien que está del lado de los socialistas?

Martica le suplicó que dejara de discutir, y se llevó a los niños al patio, pero el rostro de Arturo se tensaba con el enojo cada vez más, y la sangre se le subió a la cabeza mientras lidiaba con su hija.

—Pero papá —explicó Clara—. Carter es un demócrata conservador, que cree en un gobierno pequeño.

—Él cree en la redistribución de ingresos, al igual que los socialistas —dijo Arturo, agitando su dedo índice con indignación.

CAPÍTULO 21

—Papá, ¿has leído sobre sus planes para el país? Quiere que las personas que reciban asistencia social sean entrenadas para un trabajo, como condición para recibir ayuda.

Rodolfo se alegró de que Lissy no estuviera allí, presenciando la discusión. Con la intención de detener la discordia, se paró detrás de Arturo y agitó las manos de un lado a otro, rogándole con gestos a su prima que no siguiera discutiendo con él. Al fin, después de notar la cara enrojecida de su padre y el sudor que se le había acumulado en la frente, ella dejó la discusión.

Ese año, Clara votó por Jimmy Carter, pero le dijo a su padre que lo había hecho por Ford y no volvió a tocar el tema de la política cuando visitaba a su padre.

Rodolfo escuchaba a su tío y mantenía sus puntos de vista políticos propios, pero se concentraba en su futuro. Para él la familia era lo primero, y defendía que cada persona tenía la libertad de pensar como quisieran.

A medida que pasaba el tiempo, Rodolfo continuó intercambiando cartas con su madre, aunque con menos frecuencia que antes. No había mucho que decirle, excepto en las raras ocasiones en que le comunicaba algo importante, como cuando él y Lissy compraron su casa de tres dormitorios, y luego, cuando la estaba remodelando. El paso del tiempo fue borrando sus esperanzas de regresar a casa algún día para ver a sus padres, hasta que en el año 1979 lo sorprendió una noticia. Para entonces, Rodolfo tenía casi veintisiete años y trabajaba en la misma empresa de ingeniería que lo había contratado cuando asistía a la Universidad de Miami. El recibimiento de su licencia de ingeniero profesional vino con un buen aumento salarial. Lissy, por su parte, luego de terminar la escuela de medicina, había comenzado su residencia en el Hospital Jackson Memorial. Fue allí donde escuchó la información. Estaba en la sala de descanso de empleados, comiendo un pastel de guayaba y tomándose una malta. Al principio, pensó que se lo había imaginado pero, después de confirmarlo con otro empleado, corrió al teléfono para llamar a su esposo al trabajo.

—Rodolfo, ¿escuchaste la noticia? —le preguntó Lissy.

—¿Qué noticia?

Sin poder contener su felicidad, Lissy respondió como un relámpago:

—¡Los exiliados pueden regresar a Cuba a visitar a sus familiares! Cuba levantó las restricciones de viaje.

—¿Qué?

—¡Acaban de anunciarlo! Al fin puedes visitar a tus padres.

Rodolfo permaneció en silencio por un momento.

—Esto es una broma, ¿verdad? Seguro que Clara te convenció para que me fastidiaras.

—No es así. No te haría eso. ¡Tienes que darte prisa! Pon tus papeles en orden y reserva un vuelo antes de que Castro cambie de idea.

Una vez que Rodolfo confirmó la noticia, le preguntó a Lissy si quería ir a Cuba con él. Ella le dijo que no tenía ningún interés en regresar, pero que lo haría sólo para complacerlo. Hablaron sobre el tema, y Rodolfo se dio cuenta que pedirle a Lissy que usara su limitado tiempo libre para ir a Cuba no era justo, pues era como pedirle que reviviera una vez más el asesinato de su padre. Además, ella no estaba interesada en gastar un solo dólar que pudiera beneficiar al gobierno que había fusilado a su papá. Para complicar las cosas, la pareja ya había pagado por un viaje a Europa, previsto para unos meses después, durante las vacaciones de Lissy, un mejor uso de su tiempo libre.

Entonces Rodolfo prefirió viajar solo.

Como parte del proceso de planificación, él necesitaba prepararse mentalmente para el regreso, y comprar comida y ropa para llevarle a su familia. Cuando Martica supo que Rodolfo estaba planeando visitar a sus padres, le dijo a Arturo que quería acompañarlo. Al igual que Lissy, Arturo no tenía ningún interés en regresar, pero Martica era más sentimental sobre el lugar donde nacieron sus hijos. Se paró frente a su esposo, esperando una respuesta. Arturo dejó de leer el periódico, lo dobló y lo colocó sobre la mesita del centro.

—Martica, este es un viaje que Rodolfo necesita hacer solo —dijo Arturo con una mirada atenta, como si supiera cómo ella reaccionaría. Los ojos de Martica se llenaron de lágrimas.

—No quiero perderlo, Arturo. Eso es todo.

Arturo no dijo nada. Se levantó del sofá, caminó hacia ella y le dio un cálido abrazo.

A Arturo no pareció importarle el viaje a Cuba hasta dos días antes de la partida de Rodolfo, cuando de repente se apareció en su casa.

—Escucha —dijo Arturo, mientras le entregaba una bolsa a Rodolfo—. Te presto mi cámara para que puedas tomar algunas fotos de la familia, pero me la devuelves, ¿de acuerdo?

—Por supuesto —respondió Rodolfo—. Dentro de la bolsa, hay un sobre con una carta para mi hermana y algo de dinero. Tráeme una foto de ella. No lo olvides.

Rodolfo estuvo de acuerdo.

El repentino levantamiento de la restricción de viajes a Cuba no solo afectó a Rodolfo, sino a miles de familias, y en poco tiempo, después de años de separación, unas cien mil personas viajaron a la isla para ver a sus familiares. La infraestructura interna no estaba lista para tal afluencia, ni preparada para manejar las consecuencias que esta apertura tendría para los que se quedaron atrás. Los exiliados que regresaban eran percibidos como ricos por sus compatriotas, quienes oían contar sobre la vida maravillosa que vivían en Estados Unidos. Describían los supermercados, repletos de comida, donde no se necesitaba una tarjeta de racionamiento para comprar, sus carros, y sus casas bien pintadas. Entonces aquellos, quienes a menudo se iban a la cama con un poco de agua con azúcar y un pedazo de pan rociado con aceite y sal, comenzaron a idolatrar la vida en el país vecino. Los exiliados que salieron de Cuba como traidores fueron recibidos por la gente con los brazos abiertos, con suntuosas comidas de carne de cerdo, frijoles, arroz y vegetales, compradas en el mercado negro gracias al dinero que les traían sus familiares.

Para evadir a los controles aduanales con la cantidad de libras autorizadas, los exiliados ingresaban a la isla vestidos con múltiples artículos de ropa interior, y hasta varios pantalones. Las mujeres viajaban con ropa embutida dentro de los ajustadores, hacían cualquier cosa que les permitiera llevar todo lo posible a sus familiares. Rodolfo hizo lo mismo, y toda la familia contribuyó a la gran cantidad de regalos que llevaba a Cuba.

***

El día del vuelo, toda la familia se reunió en el Aeropuerto Internacional de Miami: Arturo y Martica, Clara, su esposo y dos hijos, y Lissy con su familia. Hubo abrazos, besos, sonrisas y lágrimas. Cuando Rodolfo se alejaba, Martica no pudo controlarse.

—Vuelve a casa, hijo—dijo, mientras Arturo miraba hacia abajo. Rodolfo dio media vuelta y les sonrió.

—No te preocupes, tía Martica—dijo—. Regresaré.

Luego Rodolfo intercambió miradas con Lissy, puso sus dedos contra sus labios y le lanzó un beso.

Cuando Rodolfo se sentó en el avión, la realidad de este viaje comenzó a golpearlo. Su madre no le había escrito desde hacía tiempo, y él, esperando sorprenderla, no le había dicho que venía. Seguía imaginándose el encuentro con sus padres, aunque no sabía nada de su papá. Su madre no había tenido noticias suyas o de su hermana en un par de años.

Para aliviar la tensión, miró a los otros pasajeros, muchos de ellos acompañados de familiares. Fue entonces cuando notó que el hombre sentado a su lado le resultaba familiar. Rodolfo lo seguía mirando, y cuando el hombre le devolvía la mirada, él volteaba la cabeza hacia otro lado. Esto continuó hasta que no pudo contener la curiosidad.

CAPÍTULO 21

—Disculpe, señor—le dijo Rodolfo a aquel hombre calvo de mediana edad—. Perdone la molestia, pero su cara me resulta familiar.

—Lo siento —dijo el extraño—. No creo que lo conozca.

—Veo que habla como un cubano —dijo Rodolfo—. ¿Cuándo salió de Cuba?

—Octubre del 1968 —dijo el hombre.

—¿Por casualidad, se fue durante su segundo intento en ese mismo mes?

El extraño lo miró y frunció el ceño.

—De hecho, sí. Le di mi asiento a un niño la primera vez que traté de salir.

—¿Se acuerda de ese niño? —preguntó Rodolfo.

El extraño sonrió con una pizca de sarcasmo y le dijo:

—¿Cómo puedo olvidarlo?

Luego comenzó a rascarse un brazo.

—¿Qué quiere decir?

—Mi familia y yo hemos estado separados más de diez años por lo que hice —dijo el extraño, con ojos pensativos.

—No entiendo.

—Sus visas llegaron a Cuba un par de días después de que Castro dejara de permitir que la gente se fuera. Si me hubiera ido cuando estaba previsto, tú y yo no estaríamos teniendo esta conversación.

—De eso estoy seguro —dijo Rodolfo.

—No entiendo —dijo el extraño.

Rodolfo hizo un gesto negativo con la cabeza.

—Mire, lamento mucho que eso haya sucedido.

CAPÍTULO 21

—¿Por qué lo lamentarías tú? —preguntó el extraño. Entonces notó la familiaridad con la que Rodolfo lo miraba y agregó: —Espera. Por casualidad ¿fuiste tú?

—Sí, soy el muchacho al que usted ayudó hace más de diez años —dijo—. Mi nombre es Rodolfo. El nombre de mi madre es Ana. ¿Se acuerda de ella?

El hombre asintió.

—No lo puedo creer —dijo, rascándose la cabeza. Luego estrechó la mano de Rodolfo y le dijo que su nombre era Rio.

—Le agradezco mucho lo que hizo por mí, pero tampoco he visto a mi madre durante más de diez años —dijo Rodolfo—. Crecí con mis tíos en Miami. Ellos han sido como padres para mí.

Rio miró a una mujer y dos niños pequeños sentados al otro lado del pasillo, y luego sus ojos volvieron a Rodolfo.

—¿Y tu mamá sabe que vienes?—preguntó Rio.

—La estoy sorprendiendo. Y su esposa, ¿sabe algo?

Rio le explicó que tampoco ella lo sabía. Permanecieron en silencio por un tiempo. Rodolfo pensó en el día que se fue de Cuba y cuánto había cambiado su vida desde entonces. Ya no era el mismo. Hasta el momento en que se dio cuenta de que estaba enamorado de Lissy, no había mirado a Miami como a su hogar. Era sólo el lugar donde vivía. La Habana entonces lo representaba todo para él. La energía de la gente, su tristeza, su felicidad, corrían por sus venas, dándole su identidad. Sin embargo, ahora que regresaba, se preguntaba cómo sería su llegada.

—Tengo un favor que pedirle —dijo Rodolfo después de un rato—. ¿Le importaría si mi madre y yo los visitáramos a usted y a su familia? Me gustaría agradecerle a su esposa en persona. No es todos los días que uno tiene la oportunidad de agradecerle a alguien por cambiar su vida.

—Eso no es necesario —dijo Rio—. Pero si quieren pasar por mi casa a tomarse un café, pues bienvenidos. ¿En qué parte de La Habana vive tu mamá?

—Santos Suárez, cerca del parque —dijo—. ¿Conoce esa área?

—Chico, hoy es un día de coincidencias —dijo Rio—. Mi familia vive en Zapote 269, entre Durege y Serrano. ¿Sabes dónde queda?

Rodolfo asintió y le dijo a Rio que lo visitaría. Más tarde, cuando el avión comenzó su descenso, Rodolfo sintió un nudo en la garganta, y se preguntó de nuevo qué encontraría. Podrían haber sucedido tantas cosas en diez años.

Después de completar el proceso de aduana, Rodolfo se acercó al área donde las familias esperaban. Muchas caras lo miraban, tratando de descubrir a un ser querido, sin embargo, se sentía solo, al darse cuenta de que ninguna de esas miradas de anhelo era para él.

El caminar por el aeropuerto le trajo recuerdos del día en que se fue. Su madre estaba tan desesperada por sacarlo de Cuba para protegerlo, y no la abrazó con el amor que se merecía. Ahora, todo lo que quería era abrazarla y agradecerle las bendiciones que le había otorgado a través de sus acciones.

Rodolfo tomó un taxi a casa. La sonrisa cálida del conductor cuando lo ayudó con el equipaje, y todos sus intentos de hacerlo sentirse bienvenido lo hizo pensar que tal vez el conductor creía que Rodolfo era alguien importante. Durante el camino, le hizo muchas preguntas sobre los Estados Unidos y sus ojos brillaban al escuchar a Rodolfo hablar de su vida allí.

—Tienes mucha suerte —dijo el conductor. En ese momento, Rodolfo no se imaginaba lo ciertas que eran sus palabras.

Los ojos de Rodolfo se enfocaron en la ciudad que pasaba. La Habana le traía tantos recuerdos, pero a la vez le resultaba extraña. Vio a mujeres que iban caminando vestidas con blusas sin tirantes, pantalones cortos y chancletas; niños sin camisas andando por las calles; una combinación de autos rusos nuevos, y autos viejos americanos, aunque la mayoría de la gente montaba en autobuses públicos y bicicletas viejas, o caminaba. También vio a los edificios y las casas en decadencia.

Varias paredes exhibían emblemas socialistas. —Patria o muerte, venceremos—leyó en uno de ellos. Se sonrió entre dientes. A Rodolfo le parecía que La Habana se estaba muriendo lentamente. Allí, el tiempo se había detenido, cuando el resto del mundo seguía avanzado.

A medida que el conductor se acercaba a Santos Suárez, Rodolfo se sentía más nervioso. Ya casi estoy en casa, pensó, notando el estado de deterioro de las calles y las casas de estilo colonial en su camino, sin pintar, vestidas de un moho que crecía como las ramas de los árboles. La vegetación tropical se veía verde y exuberante en algunas de las cuadras, desafiando las calles rotas y las casas despintadas.

Cuando el sol comenzó a caer en el horizonte, vio a varios niños sin camisa, jugando con pelotas hechas en casa. Otros machucaban almendras con piedras en las esquinas, como él hacía cuando era niño. Vio a un grupo de personas haciendo una larga cola en la bodega de la esquina, que ahora le parecía tan pequeña en comparación a los supermercados en los Estados Unidos. La bodega tenía varios estantes vacíos, visibles desde la calle. Su madre le había contado sobre las exiguas cuotas de comida que nunca alcanzaban para el mes. Pero los cubanos seguían esperanzados, y en su ingenio hasta convirtieron el pan espolvoreado con sal y aceite en un alimento básico.

Rodolfo le pidió al conductor que se detuviera al frente de la casa donde vivió por varios años, durante su niñez. Un escalofrío recorrió su cuerpo cuando la vio. Si solo pudiera llamar a la puerta, y encontrar, no a extraños, sino a su madre y su padre sentados en el sofá viendo la televisión, su hermana haciendo las tareas o discutiendo con sus padres de cosas tontas. Oh, cómo deseaba que esos momentos regresaran, aunque fuese por un instante. Pero él no tocó a la puerta, sólo la miró, recordando, imaginando lo que fue. Momentos después, el conductor dejó a Rodolfo frente a un edificio de tres pisos, muy despintado. La gente que entraba y salía lo miraba con curiosidad, mientras él se dirigía hacia las escaleras. Les sonrió, les dijo hola y comenzó a subir las escaleras con su pesada carga.

Pensó ir primero al apartamento de su abuela, pero decidió seguir hasta el de su mamá. Cuando llegó al número que su madre le había dado en sus cartas, se detuvo, dejó caer su equipaje en el suelo y respiró hondo. Luego cerró los ojos por un

196

momento y tocó a la puerta. Nadie respondió. Después de varios golpes, se abrió la puerta del apartamento contiguo, y salió una mujer arrugada y delgada, preguntándole qué quería.

—Mi mamá vive aquí —respondió Rodolfo—. Ella no sabía que yo venía. Quería sorprenderla.

—No andas vestido como la gente de aquí —dijo la anciana—. ¿Vives en los Estados Unidos?

—Sí, vivo en Miami. Hace más de diez años que no veo a mi madre.

La anciana movió la cabeza de un lado al otro, y dio unos pasos hacia él.

—Hijo, ven conmigo —dijo, dándole palmaditas en el brazo—. Hay algo que debes saber.

Sin esperar su respuesta, dio la vuelta y comenzó a caminar hacia su apartamento, con pasos desiguales, con la espalda arqueada por el peso de sus años.

—¿Está todo bien? —preguntó Rodolfo.

Ella lo ignoró y siguió caminando, no dejándole otra opción que seguirla.

—Siéntate —dijo ella cuando entraron al oscuro apartamento—. Déjame traerte una taza de café.

El apartamento olía a moho y estaba amueblado sólo con dos sillones, una mesa cuadrada de madera y cuatro sillas. Una estatua de la Virgen de la Caridad descansaba en una esquina, rodeada de velas y ofrendas de comida.

Colocó su equipaje en el suelo y se sentó en uno de los sillones, mientras una sensación incómoda le crecía en el estómago. La anciana regresó momentos después, caminando a un ritmo más lento que antes, mientras equilibraba dos tazas humeantes de café en sus dedos artríticos. Bebieron el café en cuestión de segundos. Rodolfo pensó que el sabor sería como el del café cubano que bebía todos los días en Miami, pero no sabía bien. Ella notó su expresión de contrariedad.

—Lo siento por el sabor —dijo—. La gente aquí dice que el gobierno le está agregando chíncharos rallados y sabe Dios qué otras cosas al café... Nada, que en Cuba las cosas no son como eran antes.

—No se preocupe. Sabe bien —dijo Rodolfo —. Pero... ¿podría decirme qué está pasando? ¿Dónde está mi mamá?

La anciana se ajustó los espejuelos.

—Hubo una señora que vivió ahí durante mucho tiempo —dijo, moviendo sus manos—. Le traté de hablar algunas veces, pero ella no decía mucho. Entonces dejé de verla por un tiempo. De hecho, pensé que se había mudado.

—¿Y qué pasó?

—Bueno —dijo la anciana, respirando hondo—. No sé cómo decirte esto.

—¿Podría decirme qué está pasando, por favor? —preguntó Rodolfo, con una expresión alarmada en su rostro.

—La mujer que vivía al lado... está muerta.

Rodolfo se paró del sillón abruptamente y sacudió la cabeza con incredulidad.

—¡No entiendo! —dijo Rodolfo, levantando su tono de voz—. ¿Cómo que está muerta? ¿Qué pasó?

—Todo lo que sé es que escuché a la gente gritar —dijo la anciana, gesticulando con las manos mientras hablaba—. Salí a ver qué estaba pasando. Entonces escuché las palabras: —Está muerta, está muerta.

Más tarde, oí a la gente decir que había saltado desde el balcón. Los vecinos dijeron que la habían visto borracha varias veces, y que, después de un tiempo, parecía irreconocible.

Rodolfo se dejó caer en el sillón sin fuerzas, colocó su cabeza entre sus manos y miró hacia abajo.

—¡No puede ser! ¡Ella no puede estar muerta! —dijo, asfixiándose.

La anciana se acercó a él con pasos lentos y le puso una mano en el hombro.

—Deja que tu tristeza salga, hijo. No la mantengas adentro porque te comerá.

Con la cabeza gacha y cubriéndose la cara con las manos, Rodolfo sollozó por un rato.

De pie frente a él, la anciana hizo la Señal de la Cruz, colocó sus huesudas manos sobre su cabeza y cerró los ojos.

—Está bien, mi hijo. No hay vergüenza en llorar por una madre —dijo ella.

Cuando las lágrimas dejaron de fluir, él se quedó en silencio, pensando en las cartas deslucidas, y en las palabras arrastradas durante las últimas veces que había hablado con su madre, señales que Rodolfo eligió aminorar, pensando en que ella encontraría la manera de mejorarse. Enojado consigo mismo, respiró hondo y se secó la cara.

—¿Dónde está enterrada?

—No sé —dijo la anciana, sentándose de nuevo en su sillón—. Es posible que se la hayan llevado al lugar donde depositan los cadáveres, y quién sabe qué pasó si nadie reclamó su cuerpo.

—¿Cómo que nadie lo reclamó?—dijo Rodolfo. —Mi abuela y su hermana viven aquí. Su número apartamento es el 210.

—Lo siento, pero las dos señoras mayores que vivían allí se mudaron hace mucho tiempo. Allí ahora vive una pareja joven.

La conversación se vio interrumpida por la abrupta apertura de la puerta. Un anciano calvo entró, halando a un perro pequeño y delgado. El anciano tenía una gran barriga, pero los brazos y piernas eran delgados.

—¡Patricia! —gritó el anciano —. No puedo seguir caminando con este perro si no le damos más comida. ¡Lo último que necesita hacer es ejercicio!

—¡El ejercicio es para ti, no para el perro! —, gritó la anciana.

—¿Qué? —preguntó el anciano.

—Ah... —dijo ella, mortificada. —¡Estás más sordo que una tapia!

—Señora, debería irme —dijo Rodolfo —. Gracias por su atención.

—¿Quién eres? ¿El hijo de Ziomara? —gritó el anciano.

—¡Deja de gritar! —gritó Patricia—. Él puede oírte. No, él no es el hijo de Ziomara. ¿No ves la forma en que está vestido?

—Bueno, señora Patricia. Debo irme.

Rodolfo la abrazó. —Gracias por el café —agregó.

Luego, metiendo la mano en su bolsa, sacó un pequeño paquete y se lo entregó.

—Esto es para usted—dijo. —Le traerá algunos recuerdos del café de antes—.

Patricia sonrió. —Oh, Manolo, mira el paquetico tan lindo que este joven me acaba de regalar.

Ella colocó sus manos en la cara de Rodolfo y lo besó en la mejilla.

CAPÍTULO 21

—Espero que encuentres pronto el lugar donde está tu mamá, hijo —dijo—. Creo que deberías ir a hablar con Carmen, la mujer a cargo del CDR. Aquí no ocurre nada que ella no sepa.

En los CDR, o Comités de Defensa de la Revolución, estaban en cada cuadra las personas designadas por el gobierno para vigilar a los vecinos y denunciar cualquier actividad sospechosa.

Rodolfo tomó sus maletas y salió a comenzar la búsqueda de su madre. Pero también necesitaba encontrar el paradero del resto de su familia y pensó que, tal vez, Carmen podría ayudarlo.

CAPÍTULO 22

Carmen vivía en una de las mejores casas del vecindario, recién pintada con un color verde claro y un bonito jardín. Esa señora, de cara redonda, que aparentaba algo más de sesenta años, no le pareció a Rodolfo que pudiera ser alguien que cumpliera el rol de soplón del vecindario. Tenía una sonrisa amable y le ofreció café y una de las galletas que una de sus amigas le había llevado. Carmen era la única persona en la cuadra que tenía teléfono, e invitó a Rodolfo a que lo usara si quería contactar a su familia en Miami. Le contó que conocía bien a su abuela y se sorprendió cuando ella se fue con la hermana, sin decirle nada.

—Nunca entenderé por qué la mamá de Ana dejó sola a su hija, al igual que el esposo, especialmente en el estado en que Ana se encontraba—dijo Carmen—. Era su única hija.

Rodolfo tampoco entendía por qué ella habría hecho eso. Tenía que haber una razón poderosa para que su abuela se fuera del edificio, alejándose de su hija. Rodolfo le preguntó a Carmen sobre el resto de la familia. Ella no había sabido nada sobre el

CAPÍTULO 22

padre del joven, desde hacía varios años. Recordó que él y su hija vinieron a visitar a la abuela en 1976, pero al año siguiente se mudaron las dos hermanas. Durante varios meses, Ana se encerró en su apartamento, mientras que un niño, al que Carmen no había visto antes, iba a la bodega, a la panadería, a buscarle la leche y todos los mandados. Carmen les preguntó a otros vecinos sobre el niño. Alguien le dijo que era el hijo de una mujer que se había mudado a Santos Suárez, procedente de la provincia de Oriente, pero el niño era mudo y sordo, y se enojaba cuando le preguntaban dónde vivía. Ella decidió dejarlo tranquilo. Después de todo, no creía que alguien como él representara un riesgo.

Más tarde, Carmen supo que Ana había renunciado a su trabajo y creyó que el hijo le estaría enviando dinero y comida. Trató de hablar con ella en algunas ocasiones, pero nunca abrió la puerta, por lo que dejó de molestarla, esperando que con el tiempo sanaría. Cuando Ana comenzó a salir de su apartamento nuevamente, parecía una persona diferente. Estaba más delgada, vestía con ropas muy holgadas, y se cubría una parte del rostro con su largo cabello negro. Si alguien le hablaba, ella siempre lo ignoraba.

—Esa no era la Ana que yo recordaba —le dijo Carmen—. Pero dicen que las enfermedades mentales pueden hacerle eso a una persona.

Rodolfo se quedó en silencio.

Un poco más tarde, Carmen lo ayudó a encontrar a alguien en el barrio de Santos Suárez que lo pudiera llevar a su hotel, y dos horas antes de la medianoche, un vehículo privado lo dejó frente al Hotel MarAzul, en Santa María del Mar, ubicado en

203

la costa noreste de La Habana. Jacinto, el conductor, se ofreció a regresar temprano en la mañana para llevarlo de nuevo a Santos Suárez.

Cuando Rodolfo entró al amplio vestíbulo, notó que el restaurante del hotel estaba cerrado. Sin embargo, después de anotarse y hablar con la recepcionista, un trabajador le preparó un sándwich de jamón y queso, con mayonesa casera, y le trajo una cerveza. No tenía deseos comer, pero aún así lo devoró, ya que no había comido nada en todo el día.

Pensó en caminar por la playa, ubicada al otro lado de la calle, anticipando que el sonido de las olas y el aire fresco lo ayudarían a esclarecer sus pensamientos. Sin embargo, el cansancio lo agotó, y después de luchar para mantenerse despierto, se fue a su habitación. Mientras caminaba por un pasillo poco alumbrado, vio a una muchacha joven con un viejo. Después, cuando supo que las prostitutas frecuentaban este hotel, prefirió haberse quedado en otro sitio, pero ya era demasiado tarde. En su paquete de viaje estaba todo incluido y no le permitían cambios.

A la mañana siguiente, después del desayuno, Jacinto lo recogió en su Chevrolet rojo del 1955. Rodolfo no pudo evitar un gesto de desagrado al sentir el olor a gasolina en el interior del carro, y bajó la ventana.

Asumiendo que Jacinto no habría tomado el desayuno, Rodolfo le llevó un emparedado de jamón y queso y una botellita con jugo de mango. Después de comerse el primer bocado, Jacinto, el hombre alto y delgado de alrededor de sesenta años de edad, dijo con ojos que brillaban y una amplia sonrisa:

—¡Coñó! ¡La buena vida! ¿Sabes cuántos años han pasado desde que me comí un sándwich como éste?—dijo. Esperó un momento y cuando Rodolfo no adivinó la respuesta, agregó:

—Casi veinte años. Muchas gracias por el sabroso desayuno, y por permitir que te brinde mi humilde servicio. Este es un carro viejo, y no huele bien, pero lo mantengo en buenas condiciones. Lo reparo yo mismo.

—El motor suena bien —respondió Rodolfo, sin poder decir nada más del carro, el cual tenía un interior carmelita cuarteado.

Rodolfo ahora podía ver el frente del hotel de seis pisos. Estaba bordeado de palmeras y arbustos, y la construcción era moderna y básica. Alguien en el hotel le dijo que los búlgaros lo habían construido. Miró a las calles vacías y a los alrededores desolados, mientras Jacinto le hacía preguntas sobre los Estados Unidos.

El viaje a Santos Suárez duró unos treinta minutos. La Habana que presenció en el camino, lo deprimió. Las calles rotas, las casas sin pintar, las pancartas con emblemas comunistas por doquier. Hasta su barrio le parecía diferente, demacrado, cansado. Sin embargo, los árboles verdes y frondosos y los framboyanes anaranjados que adornaban algunas cuadras, en contraste con el cielo azul, le daban a Santos Suárez vida y esperanza.

Rodolfo comenzó su recorrido con la casa donde vivía antes de irse. Tenía la misma pintura verde, ahora descolorida y descascarada, y una construcción colonial, con columnas redondas a cada lado del portal, y techos altos. Jacinto esperó afuera, en su carro, y Rodolfo caminó hacia el portal. Miró a su alrededor antes de tocar la puerta, llenándose de recuerdos. Después de unos minutos, una mujer de unos setenta años abrió y le preguntó qué deseaba.

Le dijo que venía de los Estados Unidos y le explicó quiénes eran sus padres. Entonces, ella se mostró más cariñosa, y le pidió que entrara.

—Déjame traerte un cafecito —dijo ella.

—No se preocupe, señora —dijo Rodolfo, mirando a su alrededor y notando los techos apuntalados—. No voy a estar aquí mucho tiempo.

Ella se sentó en una silla de madera y le pidió que se sentara en el sofá, frente a ella.

—Vine a ver si sabía algo de mi familia. Ya Carmen me comunicó lo que pasó con mi mamá, y esta tarde iré al Cementerio de Colón a ver si alguien me puede decir que hicieron con su cuerpo.

Rodolfo miró al suelo con ojos tristes.

—Siento mucho lo de tu mamá. Tan joven y llena de vida. En cuanto a tu papá, sé que él y tu hermana se mudaron de aquí para ese apartamento en La Habana Vieja, cerca de una prima mía. Te puedo dar la dirección, pero no sé si aún vivan allí.

—Se lo agradezco mucho, señora.

—Bueno, y ya que estás, si quieres, puedes recorrer la casa, sin pena ninguna. Sé que viviste aquí varios años.

Rodolfo le agradeció su gesto, y ella lo llevó de cuarto en cuarto. La casa se sentía más pequeña de lo que recordaba. Se sorprendió de ver el viejo refrigerador, de marca Frigidaire, trabajando después de tantos años, algo que le comentó a la dueña de la casa. Ella le dijo que le habían puesto un motor usado, ya que el anterior se rompió cinco años atrás, luego de varios reparos. Hasta la lámpara del techo de cristal, que su abuelo instaló, estaba allí, ahora más sucia, pero intacta. La casita se veía humilde y recogida. En cada esquina encontró un recuerdo del pasado, desde la cocinita diminuta donde su mamá le preparó deliciosos almuerzos, hasta el bañito, del que su hermanita se adueñaba, cuando el resto de la familia esperaba afuera para usarlo.

Antes de irse de la casa, la señora le dio un pedazo de papel con una dirección. Después, como si a último momento hubiera recordado algo, le preguntó:

— ¿Por casualidad, te recuerdas de Susana?

El nombre de su primera novia lo llevó al pasado.

—Sí, ¿por qué me lo pregunta?

—Ella y tu mamá hablaban de vez en cuando. Incluso, ella y su esposo, la ayudaron a mudarse de esta casa. Tal vez ella sepa algo.

— ¿Me puede dar su dirección?

—Sí, como no. Es fácil de encontrar. Vive al frente del Parque Santos Suárez.

Rodolfo apuntó la dirección en el papel que la señora le entregó, y se despidió de ella. Después le dijo a Jacinto que podía irse para su casa por un rato, ya que él caminaría hacia Parque Suárez y luego pasaría por la bodega, a ver si el bodeguero sabía algo.

Comenzó a caminar por la calle Zapote, con destino a Santos Suárez, observando las aceras rotas y el pavimento agrietado. La cuadra estaba tranquila, con alguna que otra persona llevando en sus manos una flauta de pan. Las casas de estilo colonial, y los pocos edificios erectos entre algunas de ellas, tenían las paredes mohosas de las frecuentes inundaciones. Un pequeño grupo de personas hacía cola en la bodeguita de la esquina, esperando comprar su cuota del mes.

Se sentía contento de saber que Susana se había casado y mantuvo relaciones con su mamá luego de que él se fuera. Así todo, se sentía un poco nervioso, pensando cómo ella lo recibiría. Al llegar a la esquina del Parque Santos Suárez, notó a pequeños grupos de viejitos conversando, algunos sentados en los bancos, otros en muros cortos de concreto. El parque se veía abandonado, con las hojas de los árboles cubriendo partes del césped.

Eran las 8:30 a.m. cuando llegó a la puerta de la casa, la misma que él visitaba durante su noviazgo con Susana. Pocos minutos después de tocar, una niña, como de unos cuatro años, abrió la puerta, y se quedó mirándolo sin decir nada.

— ¿Tu mamá se encuentra?

La niña se encogió de hombros y abrió la puerta de par en par.

—Lalita, ¿quién es? —preguntó una mujer desde la parte trasera de la casa.

Cuando la niña no respondió, una mujer joven de pelo negro, largo y rizado, vestida con una blusa azul de tirantes y pantalones cortos blancos, vino a la puerta, secándose las manos. Miró a Rodolfo como si no lo conociera.

—Buenos días, ¿qué desea? —le preguntó.

—¿Eres Susana?—preguntó él reconociéndola.

Cuando ella contestó afirmativamente, él le dijo:

—Soy Rodolfo.

—¿Rodolfo? Pero chico, no te conocí. ¡Cómo has cambiado! ¿Y ese milagro que estás por aquí después de tanto tiempo?

CAPÍTULO 22

Ella se quedó mirándolo boca-abierta por un momento.

—Perdona que me aparezca así sin avisarte. Vine a ver a mi mamá y supe que había muerto, por lo que quería preguntarte si sabías algo del resto de mi familia.

Susana le pidió que entrara y le dijo a la niña que se fuera a su habitación. Luego le ofreció un café, pero él le explicó que ya se había tomado dos tazas. Entonces se sentaron, uno al frente del otro, a conversar.

—Supe lo de tu mamá y lo siento mucho. Hacía unos meses que no sabía de ella. He estado tan ocupada con mi divorcio y mis hijas.

—Perdona, no sabía que estabas divorciada —dijo él.

Ella miró hacia el suelo de losas y respiró profundo.

—Pasó hace poco. Se fue con otra, algo de lo que me alegro. Nunca me trató bien. Era muy violento—dijo ella.

Se quedaron en silencio por un momento.

—Y tú, ¿estás casado? —preguntó ella.

—Sí. Encontré a una muchacha buena, como tú, y nos casamos. Siento mucho lo de tu divorcio.

—Así es la vida. Es difícil encontrar a un hombre bueno, y más como están las cosas en este país. Los hombres se frustran, y muchas veces, las mujeres pagan el precio.

—Tal vez encuentres a alguien bueno que te merezca —dijo él.

—¿Cómo tú?

Rodolfo se estiró los dedos con nerviosismo.

—Perdona que nunca me pude despedir de ti como lo merecías. También te quiero dar las gracias por ayudar a mis padres cuando se mudaron. ¿Y, por cierto, dónde está tu otra niña? ¿Y tu mamá?

—Mi hija mayor está en la escuela, y mi mamá conoció a un turista español, se casaron y se fue con él, aunque las cosas no le han ido muy bien por España. Pero bueno, ya puedes ver la facha de esta casa. Se me está cayendo encima. Sé que si mi mama pudiera, me ayudaría monetariamente.

Rodolfo miró hacia el comedor apuntalado y a las paredes despintadas, mientras que ella se quitó una liga que traía en la muñeca y se recogió el pelo con ella.

—Mira, yo le había traído unas cuantas ropas a mi mamá, y si no te molesta, me gustaría dejártelas. Tal vez puedas vender lo que no quieras —dijo él.

Ella lo miró.

—No quiero limosnas —respondió, esquivando su mirada.

—No la rechaces. No tengo a quién dar esa ropa, por lo que prefiero dejarla contigo. Haz lo que quieras con ellas.

Se quedaron en silencio por un momento.

—¿Y... tienes fotos de tu esposa? —preguntó ella.

—¿Estás segura que quieres verla? No quiero lastimarte.

—Ha pasado mucho tiempo. No fue fácil olvidarte, pero el tiempo ayuda a sanar las heridas. Sé que éramos jovencitos, y te quise mucho. Fuiste mi primer amor.

Rodolfo se quedó serio, y la miró sin saber qué responder. Luego, sacó una foto de Lissy de su billetera, tomada en el día de su boda, y se la entregó. Ella la examinó en silencio y se la devolvió.

—Parece una princesa —dijo ella.

Los ojos de Susana se llenaron de lágrimas.

—Perdona, Susana, que las cosas fueron así. No fue mi intención lastimarte. Sabes que si me hubiera quedado aquí, nunca te hubiera dejado, pero, como me dice mi Tía Martica, venimos a este mundo con un destino.

Rodolfo devolvió la imagen a su billetera.

—Y el mío es que todos los que quiero me abandonen —dijo ella, y estalló en sollozos.

Rodolfo se levantó, caminó hacia ella, y le pasó la mano por la espalda. Con los ojos llenos de lágrimas, ella se paró, y puso su rostro muy cerca del de él.

—Creo que es mejor que te vayas —dijo ella—. Sobre tu papá, te puedo dar su última dirección. No sé más nada de él, ni de tu abuela.

—Está bien. Si me lo permites, te traeré la ropa mañana y algún dinero para las niñas. ¿De acuerdo?

Ella bajó la cabeza. Rodolfo le dio un corto abrazo y, luego que ella le diera la dirección de su papá—la misma que Carmen le había dado—se fue. Mientras se alejaba de la casa, y caminaba en dirección a la bodega, se sintió adolorido. No pensó nunca que encontraría a Susana tan derrotada y delgada, con ojos tan tristes.

Unos minutos después, se detuvo al frente de la bodega, que ahora solo tenía cuatro personas en línea. Notó varios estantes casi vacíos, y una pesa antigua encima del mostrador que parecía como una fuente de metal. Al llegar su turno, el bodeguero, sin mirarlo, le pidió su tarjeta de abastecimiento. Le explicó que no venía a hacer compras, y el propósito de su visita. Como el bodeguero no pudo decirle nada nuevo, Rodolfo decidió irse a casa de Jacinto para que fueran al cementerio.

El Cementerio de Colón se encontraba a unos seis kilómetros de Santos Suárez. Inaugurado en el 1871, en el área del Vedado, era más museo histórico que cementerio, con altas esculturas y panteones de varios estilos arquitectónicos, representando diferentes momentos de la historia de Cuba. Al traspasar el gran pórtico de la entrada principal, Rodolfo se dirigió a las oficinas. Le explicó a un empleado el motivo de su visita. El hombre calvo y delgado, después de revisar unos documentos, le dijo que no sabía nada de su mamá. Luego, al verle el rostro de consternación a Rodolfo, decidió hacer unas llamadas. Fue entonces cuando el empleado le dijo que había sido enterrada, pero que no podía darle más información.

Cuando se alejaban del cementerio en camino a La Habana Vieja, Jacinto le dijo a Rodolfo algo que destruyó sus esperanzas de encontrar el lugar donde su mamá fue enterrada.

—Perdona que te diga esto, pero cuando no encontraron familia, es posible que le hayan dado su cadáver a alguna universidad, para experimentos.

Defraudado, Rodolfo miró hacia la ciudad. Cada minuto que pasaba lo alejaba emocionalmente del lugar donde nació. Trató de hacer todo lo posible por quitarse la visión de su madre muerta en la mesa en un grupo de estudiantes. Le entraron deseos de llorar y gritar. Se le salieron las lágrimas, y Jacinto, al darse cuenta, le ofreció un pañuelo.

Se quedaron en silencio hasta que llegaron al frente de un edificio demacrado de La Habana Vieja. Era un barrio mucho más pobre que Santos

Suárez, con pequeños grupos de hombres, en camisetas, conversando en las esquinas, ropas de varios colores guindando de las tendederas en los balcones, e hileras de edificios de la era colonial, despintados, mohosos y algunos parcialmente destruidos. Al igual que en Santo Suárez, las calles estaban rotas.

Frente al edificio de tres plantas, Rodolfo vio a un muchacho de color negro, de unos doce años, sin camisa y sin zapatos, y le preguntó si sabía quién vivía en el apartamento del número que él llevaba.

—Mi abuela, mi mamá y mis hermanos viven ahí —dijo el muchacho.

— ¿Y alguien está en casa?

—Mi abuela. Mi mamá anda por ahí, trabajando pa' los turistas.

Rodolfo pidió hablar con ella, y el muchacho abrió la puerta y lo condujo hasta el segundo piso. Cuando el muchacho abrió la puerta, el sonido de las bisagras erizó la piel de Rodolfo, y entonces, una cucaracha enorme salió corriendo del apartamento. Rodolfo la aplastó con su zapato.

Sentada en un sillón, mirando por la ventana, Rodolfo encontró a la anciana, de pelo blanco, recogido en un moño diminuto detrás de la nuca.

La salita-comedor era pequeña, con espacio para dos sillones, y una mesita cuadrada con cuatro sillas.

—Abuela, este hombre te quiere ver.

El muchacho se fue, dejando a Rodolfo con la anciana. Luego de explicarle quien era, ella le dijo que su papá y su hermana solo habían vivido allí por un tiempo, y al mudarse no le dijeron para donde iban.

Rodolfo regresó al hotel, defraudado. Esa noche, luchó contra el impulso de contarle a su esposa sobre el destino triste de su madre. ¿Pero, qué iba a resolver? Lissy necesitaba concentrarse en su trabajo y no iba a lograr nada con decírselo. Luego estaba Arturo. Rodolfo no podía decirle por teléfono lo que su hermana había hecho. Cuanto más lo pensaba, más se convencía a sí mismo de que esta era una cruz que él debía cargar solo.

Al día siguiente, luego de llevarle a Susana las ropas y el dinero que le prometió, Rodolfo decidió visitar a la familia de Rio. Cuando Jacinto lo dejó frente a la casa de estilo colonial, con paredes descascaradas y techos apuntalados, Rodolfo se dio cuenta que estaba ubicada al lado del edificio de apartamentos donde habían vivido su abuela y su madre. Desde que la esposa de Rio le abrió y le dijo que se sentara, sintió que el amor que brotaba de los padres y de sus hijos contrastaba con el estado de deterioro de la casa.

El niño no podía dejar el lado de su padre y lo miraba con admiración y orgullo. Las niñas se reían, cubriéndose la boca con las manos cuando el padre les decía bromas tradicionales de Pepito. Después de llevarle a Rodolfo una taza de café, Laura, la esposa de Rio, se sentó en el sofá junto a su esposo y los dos se tomaron de la mano. Rodolfo todavía no se atrevía a arruinarles la noche con su problema. No lo hizo hasta un poco más tarde, cuando Rio le preguntó por su madre. Mientras Rodolfo miraba a esta familia feliz, el pasado lejano invadió sus pensamientos. Ahora entendía que Cuba ya no era su hogar.

—No extrañamos a los lugares, si no a los tiempos pasados y a las conexiones que hicimos —

le había dicho su tía cuando le preguntó si le echaba de menos a Cuba. Extrañaba los momentos que vivió antes de irse de Cuba, sabiendo que nunca regresarían.

Cuando Rio le preguntó por su madre, Rodolfo miró a los niños y vaciló. Laura notó su expresión y envió a los niños a sus habitaciones. Luego, en un tono de voz bajo, Rodolfo les contó lo que había sucedido. Mientras hablaban, Laura se levantó del sofá y colocó su brazo alrededor de la espalda de Rodolfo, como lo hubiese hecho una madre. Ella se había enterado de la mujer que había saltado del balcón; pero no sabía dónde estaban el padre de Rodolfo, ni el resto de la familia.

La amabilidad de Laura despertó en Rodolfo un sentimiento de culpa. Ella no merecía el tiempo que estuvo separada de su esposo, y todo por culpa de él. Sus tres hijos, la mayor de catorce años, crecieron sin su padre por el gesto que aquel hombre tuvo al darle su asiento a un niño. Si pudiera regresar atrás, nunca se hubiera ido, aunque eso lo hubiera privado de la dicha de conocer a Lissy. De todos modos, quién sabe si ella hubiese estado mejor sin él. Así se sentía en ese momento.

Recordó que Martica creía que todo sucedía por una razón, y esa declaración nunca tuvo menos sentido para él que en ese momento, al ver a una familia que muy pronto tendría que despedirse nuevamente.

Esa noche, Rio le habló a Rodolfo sobre sus planes de quedarse. Permitiría que su vuelo se fuera sin él.

—¿Te permitirán quedarte? —preguntó Rodolfo, sabiendo que esto nunca sucedería. Creía que si Rio lo intentaba, tarde o temprano se vería obligado a irse, pero Rodolfo no le dijo lo que pensaba.

—No lo sé, a menos que lo intente — respondió Rio.

Después de esa noche, Rodolfo no volvió a ver a Rio ni a su familia, y durante el resto de su estadía, dedicó su tiempo a buscar respuestas. Siguió cada pista, les habló a todas las personas que conocieron a su madre. Pero cada camino se le terminaba abruptamente, lo que lo llevó a concluir que este era un misterio que nunca podría resolver.

¿Por qué su madre se quitó la vida? ¿Por qué todos sus seres queridos la abandonaron?

CAPÍTULO 23

Por temor a la reacción que Arturo pudiese tener al enterarse de la muerte de su hermana, Rodolfo le pidió a Lissy que mantuviera la noticia en secreto. Arturo estaba desesperado por recibir noticias de su hermana e hizo que Martica llamara a casa de Rodolfo varias veces. Su sobrino no estaba preparado para hablar con él, por lo que le pidió a Lissy que le informara por teléfono que todos estaban bien, pero que él estaba muy ocupado trabajando en un proyecto, luego de haber estado tantos días fuera de la oficina. Ahora tendría que planear cómo explicarle a su tío que no le traía fotos de la familia.

Rodolfo se sentía culpable de no haber actuado antes, cuando las acciones de su madre le pedían a gritos su ayuda, pero se preguntó qué podría haber hecho para evitar lo sucedido. A veces, cuando regresaba del trabajo a una casa vacía, tenía arrebatos de sentimientos que lo destrozaban, dejándolo agotado. Las causas de sus reacciones variaban, desde el ver las interacciones de una familia que pasaba cuando estaba detenido en una luz roja, en su camino del trabajo, hasta un comercial de la televisión. Pensar en la soledad que debió sentir su madre durante sus últimas horas de vida lo devastaba, y le hizo darse cuenta de lo injusto que a veces había sido con ella, y en particular, el día que salió de Cuba. Si ahora tuviera una oportunidad de decirle cuánto la quería, cuánto lamentaba no haber sido el hijo ideal.

Durante su adolescencia, ella le decía de vez en cuando: —Sigue ignorándome, hijo; que un día, cuando ya no esté, te arrepentirás.

Ese día había llegado.

—Perdóname, mamá —dijo una noche, mirando al techo, abrumado por las emociones—. Te merecías algo mejor.

Lissy podía sentir su dolor cuando cenaban juntos, y Rodolfo parecía estar en otro lugar, o de noche cuando ella regresaba del hospital y lo encontraba despierto mirando hacia el techo.

—¿Crees que con el tiempo se me irá quitando lo que siento?—le preguntó a Lissy —. Quiero decir, ¿todavía extrañas a tu papá?

En ese momento estaban acostados en la cama, Rodolfo de lado, con su brazo alrededor de la cintura de Lissy.

—Cuando una parte de ti muere, es imposible olvidar—respondió ella—. Me sigo preguntando cómo hubiera sido si no lo hubieran asesinado. Suena tonto, yo sé, pero me ayuda a concentrarme en las cosas que él hubiera querido que yo hiciera, si todavía estuviera aquí. Le decía a mami que él quería que su hija se convirtiera en médico. El día que lo logre, le dedicaré todos estos años de arduo trabajo a él.

Lissy hizo una pausa por un momento y le acarició un brazo con cariño.

—¿Qué querría ella que tu hicieras?

—Creo que querría que yo encontrara al resto de la familia —dijo Rodolfo, pero no sabía por dónde empezar, especialmente si tenía que mantener en secreto la muerte de su madre.

Se puso tan exasperado que pensó en ir con una adivina, como lo había hecho su madre alguna vez. Ana estaba convencida de la precisión de sus predicciones, algo que Rodolfo le escuchó decir con frecuencia. Sin embargo, cuando él le contó a Lissy sobre su plan, ella le preguntó si había perdido la cabeza. No es que Rodolfo encontrara la idea de Lissy mucho mejor. Ella creía que debería orar, algo que él no sabía hacer porque en Cuba el gobierno había desaprobado la práctica de la religión desde el principio de los años sesenta. Aun así, trató de imitar lo que vio hacer a Martica cuando Arturo estuvo en el hospital, aunque no estaba muy seguro si lo hacía de forma apropiada.

A Rodolfo le molestaba tener que ocultar la verdad. Desde su regreso de Cuba, había evitado responder al teléfono, e ir a la casa de Arturo, pero cuando Martica le dejó una nota en su buzón invitándolos a Lissy y a él a almorzar, se dio cuenta que tenía que inventar un cuento.

El día del almuerzo previsto, en cuanto Rodolfo y Lissy entraron a la casa de Arturo y Martica, ella los recibió con un cálido abrazo. Rodolfo notó que su tío no estaba leyendo, ni mirando la televisión, sino que desde el sofá, lo observaba, con la barbilla apoyada en su dedo pulgar y el dedo índice encima de los labios. Ni siquiera se levantó para saludarlos. Fue Lissy quien se le acercó, con una amplia sonrisa, y le dio un beso en la mejilla. Arturo la saludó con un —buenos días—seco, mientras que sus ojos se fijaban en Rodolfo con una mirada de halcón, haciéndolo sentirse incómodo.

Rodolfo se acercó a él y le estrechó la mano.

—Hola, tío—dijo, pero Arturo se limitó a mirarlo. Al darse cuenta del intercambio, Martica le pidió a Lissy que la acompañara a la cocina. De esta forma, Arturo y Rodolfo tendrían tiempo para ponerse al día, dijo ella. Cuando las mujeres desaparecieron en la parte posterior de la casa, Arturo se puso en acción.

—Entonces, ¿me trajiste alguna foto de Cuba?—preguntó Arturo.

—Me alegro que me lo recuerdes—dijo Rodolfo, con nerviosismo—. Dejé tu cámara en mi casa.

—No has respondido mi pregunta —dijo Arturo y se cruzó de brazos—. Creo que tú piensas que viejo y estúpido son sinónimos. Dime qué está pasando. Sé que me has estado evadiendo.

Rodolfo negó con la cabeza.

—No es así, tío. He estado muy ocupado con mi trabajo—dijo, rascándose la cabeza.

—Algo le sucedió a mi hermana, ¿verdad? —dijo Arturo, mirando a Rodolfo—. Ni siquiera levantas el teléfono cuando Martica llama a tu casa. Y sé que estás allí. ¿Qué está pasando? ¿Dónde están las fotos?

Rodolfo respiró profundo antes de responder.

—No la encontré, tío. No encontré a nadie. Se fueron del barrio, y ni siquiera la señora del CDR sabe nada —respondió Rodolfo, hablando a un ritmo rápido y con convicción.

—¡Eso no tiene ningún sentido! —dijo Arturo, levantándose del sofá y agitando los brazos.

—Lo sé, tío Arturo. Tengo que hacer algo. Estaba pensando que si llamara a la estación de radio

220

La Voz de las Américas, tal vez un oyente que sepa dónde están les podría llevar un mensaje.

Arturo sacudió la cabeza y se sentó de nuevo. Se frotó la cara, con una mirada preocupada transformando su expresión.

—¿Crees que se los llevaron a la cárcel?— preguntó Arturo.

—No, tío, la mujer del CDR me lo habría dicho.

—¿Y tú le crees a la mujer del CDR? — preguntó Arturo, mirando a Rodolfo con una mirada de desconcierto—. No puedo creer que hayas hablado con ella. ¿Qué piensas, que un comunista te diría la verdad? Esas personas reportarían a sus propias madres si pudieran.

—Carmen me pareció una mujer decente — dijo Rodolfo.

—No me digas que fuiste a Cuba para hacer amistad con una comunista —dijo Arturo, elevando su voz y hablando con las manos. Luego, señalando a Rodolfo, añadió: —¡Escúchame y escúchame bien! Si esos hijos de puta le hicieron algo a mi hermana, yo mismo iré y...

Arturo dejó de hablar cuando se dio cuenta de que Lissy había entrado en la sala.

—¿Cómo están caballeros? —preguntó. Luego, mirando a Rodolfo, agregó: —¿Está todo bien?

Rodolfo la miró.

—Sí, sólo le estaba explicando a mi tío que no pude encontrar a nadie cuando fui a Cuba—. Lissy permaneció en silencio, al darse cuenta de que esta era la explicación que Rodolfo había inventado.

—Lo que no puedo entender es por qué Lissy le dijo a Martica que estaban bien —dijo Arturo.

—No quería preocuparlo, Arturo —dijo Lissy, forzando una sonrisa. Luego, con voz tranquilizadora, agregó: —Estoy segura de que están bien. No se preocupes Los encontraremos.

Arturo volvió a dirigir su atención hacia Rodolfo, tratando de descifrar qué estaba pensando su sobrino.

—Llamaré a la Voz de América —dijo Rodolfo con voz tranquila—. Es demasiado pronto para preocuparse.

Rodolfo cumplió con su promesa, pero cuando después de unos pocos días, su teléfono no sonó con noticias de Cuba, comenzó a perder las esperanzas. Quería regresar a Cuba, pensando que tal vez para entonces, alguien podría haber oído algo. Lissy lo persuadió de que esperara hasta que finalizara su residencia en Jackson Memorial Hospital. Ella lo acompañaría. Después de completar su residencia, un grupo médico local la contrató, y la pareja comenzó a planear su viaje a Cuba.

***

Cuando sonó el timbre, Martica estaba preparando el desayuno en la cocina, mientras que Arturo leía en el dormitorio. Eran solo las ocho de la mañana, demasiado temprano para visitas. Curiosa y preocupada a la vez, ella corrió hacia la puerta y miró por la mirilla. La cara familiar la hizo sonreír.

—¡Qué sorpresa! —dijo al abrir, y besó a su hija en la mejilla.

Clara vino sola. Para entonces, ella y su familia se habían mudado a Kendall, un barrio suburbano de Miami, por lo que no visitaba a sus padres

222

con tanta frecuencia, como antes de tener su segundo bebé.

Se sentó en el sofá y estaba a punto de decirle algo a su madre, cuando esta corrió a la cocina, divagando sobre algo que no pudo entender. Clara estaba tan desesperada por saber lo que estaba pasando, que consideró seguirla. Sin embargo, optó por mirar a su alrededor, enfocándose en una imagen, a color, de la boda de sus padres, colocada en la pared que estaba frente a ella. Su madre se veía hermosa, con su largo y rizado cabello castaño, adornado con flores en miniatura, y unos ojos que se parecían al océano. Arturo tenía peinado su cabello oscuro hacia atrás, y vestía un elegante traje azul que lo hacía lucir sorprendentemente atractivo. El paso de los años lo borra todo, pensó Clara. Martica reapareció momentos después con dos tazas humeantes de café.

—Ahora podemos hablar —dijo Martica, entregándole una de las tazas a su hija.

Clara la bebió rápidamente, y colocó la taza vacía sobre la mesa del centro.

—Perdona que haya venido tan temprano, mamá, pero las noticias que te traigo no pueden esperar —dijo, frotándose las manos con una expresión feliz —. Pude haberte llamado, pero quería ver tu cara cuando te lo dijera.

—¿Y has venido sólo para ver mi cara?—dijo Martica—. ¿Está todo bien?

—¡Te sorprenderás cuando sepas la gran noticia! —dijo—. Hasta yo me sorprendí, y eso que no me sorprendo fácilmente.

Sentada en un sillón al frente de su hija, Martica colocó su mano sobre el pecho.

—Ay Clarita, me estás preocupando —contestó—. No estás embarazada otra vez, ¿verdad?

—No, mamá. No estoy embarazada. Y no necesitas preocuparte —dijo—. Traigo buenas noticias.

Clara sonrió de oreja a oreja, sin poder contener su felicidad.

—Quería ser la primera en decírtelo, porque conozco a tus amigas. Me sorprende que tu teléfono ya no esté sonando.

—¡Por favor, dímelo de una vez!

—Se trata de la hermana de papá, Ana, y su familia.

—¿Qué hay de ellos? ¿Aparecieron?

Clara sonrió e hizo un baile feliz desde su asiento.

—¡Mija, acaba de decírmelo! —dijo Martica.

Clara presionó sus manos, y se movió alegremente en su asiento.

—¡Estaban en la radio, buscando a papi y a Rodolfo!

—¿Te refieres a La Voz de las Américas?

—¡No! Estaban en una estación de radio local. ¡Están en Miami!

Martica levantó sus cejas y miró a su hija, perpleja. —¿Pero cómo llegaron aquí? No entiendo —dijo.

—¿Y crees que tuve la paciencia de esperar a que me lo dijeran? No, mami. Anoté el número de teléfono y me vestí. Simón se quedó con los niños.

—Oh, Clarita. No sabes lo feliz que me haces —dijo Martica, limpiándose una lágrima—. ¡Arturo no lo va a creer!

—Bueno, ¿vamos a decírselo ahora?

—Esto es demasiado para él. Prefiero tomarme mi tiempo.

—¿Decirme qué? —preguntó Arturo, después de haber escuchado una parte de la conversación. Con los ojos, Martica le suplicó a Clara que no se lo dijera. Clara se levantó del sofá y besó a su padre en la mejilla. Luego, padre e hija se sentaron uno al lado del otro.

—Bueno —dijo Arturo, mirando a Clara —. Estoy esperando.

—Déjame traerte un vaso de agua primero —dijo Martica—. Es una buena noticia, pero quiero que estés preparado. Vuelvo enseguida. Clarita, no se lo digas, ¿de acuerdo?

Ella sonrió.

—Mis labios están sellados, mamá.

Arturo movió la cabeza de un lado al otro.

—Ustedes dos siempre están haciendo un hormiguero de una sola hormiga —dijo, mientras Martica se alejaba sin prestarle atención—. Clarita, le digo a tu madre que soy fuerte como un buey, ¡y no me cree!

Clarita soltó una risita.

—Sí, papá. Nosotros te creemos. No te preocupes. ¡Vas a estar tan feliz cuando lo sepas!

—¡Pues dímelo entonces!

—¡Mamá dijo que no!

Momentos después, Martica regresó con un vaso de agua helada. Arturo se bebió menos de la mitad y colocó el vaso sobre la mesita del centro.

—¿Contenta?

—Sí. Bueno... —dijo Martica con calma—. Se trata de tu hermana. Está bien. Todos están bien.

—¿Cómo lo sabes? ¿Dónde están?

—Mi amor, tu hermana y su familia están en Miami.

Arturo estudió la cara de su esposa con una expresión perpleja.

—Martica, ¿estás jugando conmigo? Si me quisieras, no jugarías así, chica.

Su mirada mortificada se puso rígida, mientras miraba a su esposa y luego a Clara.

—Escuché a Ana en la radio esta mañana, papá. Los está buscando a ti y a Rodolfo. Tengo su número de teléfono.

Clarita sacó un papel doblado de su bolso y se lo dio a su padre. Él lo desdobló y lo miró con incredulidad.

—¿Pero cómo? ¿Cómo llegaron aquí?

—No tenemos los detalles. Eso es todo lo que sabemos —respondió Clara.

—No sé qué tipo de broma sea esta, pero no es bueno jugar con los sentimientos de la gente —dijo Arturo, mirando al número de teléfono de nuevo.

—Mi amor, no es una broma. ¿Quieres que la llame? —preguntó Martica.

—No. Lo haré yo —dijo Arturo.

—Esperemos una hora —sugirió Clara—. Puede que todavía esté en la estación de radio.

—¿Qué estación de radio? —preguntó Arturo, como si se le hubiese ocurrido una idea.

—Papá, ¿estás pensando en ir?

—Sí. Déjame vestirme. Búscame la dirección en las páginas amarillas y el Atlas. Todavía me pierdo en esta ciudad.

Clara se ofreció a llevar a sus padres, ya que sabía dónde estaba la estación de radio, y no pensó que su papá debía conducir. Martica se sentó en el asiento de pasajero delantero, al lado de su hija, y Arturo en el asiento trasero. Clara podía notar el nerviosismo de su padre, por la forma en que sus ojos vagaban por la ventana, como si las calles familiares, de repente, parecieran irreconocibles. También vio como se masajeaba la sien, como si pensara que nadie lo estaba mirando.

Cuando llegaron a la estación, Clara estacionó su Monte Carlo blanco del '78 cerca de la entrada. Momentos después que salieran del automóvil, se abrió la puerta de la estación, y una mujer y un hombre, de alrededor de cincuenta años, acompañados por una jovencita, comenzaron a caminar hacia ellos. Los ojos de Arturo se enfocaron en la mujer mayor: cabello largo y negro, recogido en un rabo de mula, más delgada de lo que recordaba. Cuando se acercó, notó las líneas en su rostro dibujadas en el rabillo de sus ojos, y un surco prematuro debajo de sus huesudas mejillas. Llevaba un vestuario que aparentaba ser de otra persona, una camiseta blanca y pantalones de pitusa, grandes y anchos para ella, con tenis blancos que habían visto mejores días. No era la hermana que él recordaba, la que siempre llevaba vestidos bonitos, desde que tenía doce años.

—¿Ana? —dijo, reconociendo su mirada. No podía olvidar esos ojos, tan llenos de emoción el día que él se fue. Ella se detuvo por un momento y lo miró fijamente.

—¿Arturo? —dejó caer su bolso en el suelo y corrió hacia él—. ¡Dios mío, hermano! No lo puedo creer. No puedo creer que seas tú.

Ella se arrojó en sus brazos y se abrazaron; casi veinte años de abrazos suspendidos que trajeron lágrimas a los ojos de los que presenciaron su encuentro. Se besaron en las mejillas una docena de veces, mientras ella decía: —¡Mi hermano, mi hermano! Gracias, Dios mío, gracias.

Martica y Clara nunca habían visto a Arturo tan emocionado, tan expresivo, ni siquiera cuando perdió a su hijo. En aquel entonces, sus emociones se refugiaron dentro de él, pero ahora, era como si se hubiera quitado la válvula que las retenía, y emanaba felicidad por cada poro, una felicidad que necesitaba, para volver a sentirse humano.

Después de más abrazos y reintroducciones familiares, Ana, Sergio y su hija Amanda, junto con Clara y sus padres, se montaron en el automóvil para regresar a casa. En el camino, Clara comenzó a planear, en alta voz, la gran sorpresa que le iba a dar a Rodolfo.

Era sábado, y Rodolfo y Lissy estaban en casa. Cuando Clara lo llamó por teléfono y le dijo que tenía una sorpresa para él, Rodolfo le preguntó qué era.

—¡No te lo voy a decir! Así que prepárense y venga pa' acá.

Mientras la familia de Arturo esperaba a Rodolfo, todos inundaron a Ana de preguntas. Ella explicó que su esposo había construido un bote con materiales robados, arriesgando su vida en el proceso. Cualquier cosa podría haber sucedido si las autoridades se enteraban. Ana y Sergio habían estado separados durante años, después de que ella recurriera al alcohol como un escape.

—Hice cosas, mi hermano, que nunca debería haber hecho —dijo, sosteniendo una mano de su esposo, y mirando hacia abajo con vergüenza—. Mi familia era todo lo que tenía. Estaba desesperada. Merezco todo lo que me pasó. Pero me alegro que este hombre haya acudido a mi rescate, cuando más lo necesitaba, cuando estaba a punto de perderme para siempre.

Con los ojos llenos de lágrimas, Ana apretó la mano de Sergio, y él le sonrió con los labios apretado. Él también había cambiado. Ahora tenía la cabeza llena de canas, y profundas arrugas en su rostro bronceado. Sus manos ásperas revelaban varias venas abultadas. Su hija Amanda estaba sentada junto a su madre, hecha toda una mujer, y bella como era Ana en su juventud.

El sonido del timbre interrumpió la animada conversación. Clara corrió hacia la puerta, y en el momento en que la abrió y entraron Lissy y Rodolfo, éste sintió como si hubiera entrado a una realidad alterna. Allí, frente a él, el fantasma de su madre había tomado forma humana. ¿Cómo podía ser? ¿Cómo podría estar viva? Él había llorado por ella. Tuvo que subir una montaña de culpabilidad, para volver a ser el mismo.

Ana corrió hacia él y lo abrazó, pero Rodolfo todavía estaba en una bruma, incapaz de comprender lo que estaba sucediendo. Lissy se apartó a un lado, limpiándose las lágrimas que le corrían por el rostro.

—Creí que habías muerto —dijo Rodolfo, con una voz débil, mientras su madre lo besaba y lo abrazaba. Todos los ojos se volvieron hacia él.

—¿Pensaste que ella estaba muerta?— preguntó Arturo.

Ana lo liberó y le acarició la cara.

—No entiendo—dijo ella.

—Fui a tu apartamento, mamá—dijo Rodolfo, mirando a su madre con confusión—. La vecina de al lado me dijo que te habías tirado por el balcón.

Traté de encontrar dónde habían llevado tu cuerpo, pero ya era demasiado tarde.

—¡Oh, no! —dijo Ana, colocando sus manos sobre su cabeza—. ¡Esa pobre mujer!

Ana no tuvo la oportunidad de explicar más nada al respecto, porque en ese momento, Sergio, quien había estado esperando para saludar a su hijo, se acercó a él y le extendió su mano, como a un extraño.

Rodolfo sonrió y le abrió los brazos.

—Vamos, papá—dijo Rodolfo—. Dame un abrazo. Te extrañé, viejo.

Se abrazaron, mezclando sus sonrisas con lágrimas. Luego Sergio dio una palmada a su hijo en el hombro, y lo miró con orgullo. Él parecía más delgado que cuando su hijo salió de Cuba, con los ojos hundidos, bordeados por bolsas oscuras.

—Te ves como un hombre importante, hijo —dijo Sergio—. No te podía reconocer.

—¿Mi hermano, y yo qué? —preguntó Amanda, agitando sus manos—. ¿No hay abrazos para tu hermanita?

Él la abrazó, y sus padres se unieron a ellos en un largo y emotivo abrazo. Arturo y Martica intercambiaron miradas, y luego miraron hacia abajo.

—Mamá, papá —dijo Rodolfo, notando la tristeza que había invadido a sus tíos—. Hay algo importante que quiero decirles. Primero, le presento a mi esposa, Lissy, el amor de mi vida, mi mejor amiga desde que llegué aquí.

Amanda y sus padres saludaron a Lissy con besos y abrazos. Luego, mirando a Arturo y a Martica, Rodolfo agregó:

—Mamá y papá, también quiero que sepan que durante todos los años que estuvimos separados, nunca estuve solo. Arturo y Martica fueron mis padres. Por lo tanto, me siento afortunado hoy de tener dos pares de padres.

Martica y Arturo trataron de contener sus lágrimas.

—Está bien, está bien —dijo Arturo—. Basta ya de tanto llanto, y cosas de mujeres. Ahora mismo, esta familia tomará el control de sus emociones. ¡Déjenme convidarlos a todos al Versailles para almorzar! Tenemos mucho que celebrar.

Clara abrió la boca de par en par.

—Pero papá, siempre has dicho que los restaurantes son un gasto de dinero.

—¿Te pedí tu opinión? —dijo Arturo, cruzándose de brazos y mirando a su hija con una mirada desafiante, pero juguetona.

—¡Esperen un momento! —dijo Rodolfo. —Yo seré quien pague por el almuerzo de todos. Eso es lo menos que puedo hacer por mis dos pares de padres y mis dos hermanas. Además, tenemos otros motivos para celebrar. Queríamos esperar un poco más para hacer el anuncio, pero ¿qué mejor momento que este?

Martica hizo un gesto negativo con la cabeza.

—¿Y ahora qué? ¿Qué otro secreto nos estás ocultando? —preguntó Martica.

—Déjenme ponérselo de esta manera —dijo Rodolfo—. En unos meses, Clara no será la única que tiene hijos en nuestra familia.

Su declaración fue seguida de más abrazos, sonrisas y lágrimas. No fue hasta más tarde, cuando estaban esperando por la comida, que la familia escuchara la historia de la mujer que vivía en el apartamento de Ana. Había huido de un marido abusivo y necesitaba un lugar donde quedarse, mientras que Ana necesitaba que alguien con su parecido físico se quedara en su apartamento.

La mujer, Elizabeth, se mudó una madrugada. Se tiñó el pelo de negro, como Ana, y guardó parte de su ropa, además del dinero y la mayor parte de la comida que Rodolfo le había enviado. Dejar a alguien atrás que se pareciera a ella le permitió a Ana desaparecer del vecindario, sin levantar sospechas. Luego, se unió a su esposo, quien para ese entonces tenía un bote listo para el viaje.

—Sabía que Elizabeth era una mujer con muchos problemas —dijo Ana—. Pero nunca pensé que haría algo así.

Martica se cruzó de brazos y miró a Rodolfo.

—Nunca te perdonaré que no me hubieses dicho que tu madre había muerto. ¡Nunca! ¿Me oyes?

El no tener un solo hueso de malicia en su cuerpo, hizo que Martica pareciera más juguetona que enojada.

Clara soltó una carcajada.

—¡Pero mamá no estaba muerta! —dijo.

—Ese pobre muchacho, soportando sólo la muerte de su madre. Es imperdonable que no me lo hayas dicho, Rodolfo. ¿Por qué esta familia siempre insiste en guardar secretos?

Todos se rieron, excepto Arturo, quien puso los ojos en blanco.

Ana procedió a contarles sobre las dificultades del viaje. Sergio había usado un motor de una camioneta de marca Chevrolet, del 1952, y una hélice que le permitió a la embarcación viajar a no más de 8 mph. Traían suficiente comida para un par de días: dos flautas de pan, unas latas de leche condensada cocinadas en la olla a presión, dos pomos de mantequilla de maní que Rodolfo les había enviado, té de manzanilla y toda el agua que pudieron cargar. Salieron de la costa norte de La Habana amparados por la oscuridad de la noche, y temerosos de ser capturados por las autoridades cubanas. Después de las primeras dos horas, cuando las luces de La Habana ya se habían desvanecido, Sergio calculó que el riesgo de ser detenidos había pasado. Sin embargo, surgió un nuevo peligro. El Estrecho de la Florida había cobrado las vidas de miles de personas, y sabían lo que podría pasar: desde los ataques de tiburones, o los cambios inesperados en el clima, que podrían convertir su bote, instantáneamente, en una trampa mortal. Tres horas después de salir de Cuba, poco antes del amanecer, los vientos aumentaron y el mar se volvió más agitado, causando que Amanda y Ana se enfermaran. Después de beber varios sorbos de té de manzanilla y comerse unos trozos de pan, comenzaron a sentirse mejor. No sería hasta mucho más tarde que su peor pesadilla se materializó. Para entonces, habían pasado más de doce horas desde que salieron de Cuba, y los primeros destellos de los Cayos de la Florida se divisaban en la distancia. Estaban sonrientes y abrazándose cuando un pájaro blanco voló sobre ellos. Fue entonces que el motor se detuvo. Luego de haber perdido uno de los remos en las aguas turbulentas, Sergio intentó usar el otro, pero cuando se hizo evidente que no estaba progresando, se detuvo y el temor y la preocupación se apoderaron de ellos.

Al darse cuenta de que estaban demasiado lejos de la costa para nadar, no tuvieron más remedio que esperar.

—Las dos horas que estuvimos varados fueron las peores —dijo Ana.

Cuando un bote pesquero los rescató y los llevó a la orilla, Ana pensó que Dios había respondido a sus oraciones.

La llegada de dos camareros interrumpió su conversación. Cuando comenzaron a comerse los frijoles negros, el arroz blanco, los plátanos fritos y el cerdo, el diálogo pasó a un tema más ligero: el futuro de la familia. Para finalizar la comida, Rodolfo pidió flanes para todos.

Más tarde, ese día, Rodolfo se enteró de que su abuela y su hermana no tenían planes de salir de Cuba. Antes de mudarse con su familia a la provincia de Camagüey, abrazaron a Ana una última vez, al darse cuenta de que, tal vez, no la volverían a ver. Morirían en Cuba, como sus antepasados. Alguien tenía que cuidar a los muertos. Eso fue lo que le dijo su abuela a Ana.

Ella, por su parte, habló poco sobre su pasado. Quería olvidar a Cuba y comenzar de nuevo, y ahora, más que nunca, valoraba a su esposo. Le debía la vida y en el tiempo que le quedaba haría todo lo posible para hacerlo feliz. Sergio se había vuelto más práctico a través de los años. Aún seguía siendo el mismo hombre simple, pero pronto se daría cuenta que a alguien con su talento le vendría muy bien fabricar gabinetes de cocina en Miami, y su negocio no tardó en despegar.

Amanda comenzó a tomar clases en el colegio comunitario y ayudaba a sus padres con el negocio. Después del éxodo del Mariel, en el 1980, conoció a un refugiado cubano que sabía de construcción y se casó con él. Mientras tanto, Rodolfo y Lissy tuvieron tres hijos, dos niñas y un varón. Todos en la familia se comprometieron el uno con el otro a quedarse en Miami. Esa ciudad les había abierto los brazos cuando no tenían nada. Miami los había reunido.

Después que los niños de Rodolfo estuvieran en edad escolar, Martica se iría al más allá en sueños. Siempre había estado tan preocupada por la enfermedad de Arturo, que descuidó su propia salud. Arturo nunca creyó que eso sucedería, y en la fecha de su funeral, parado sobre su ataúd abierto, le prometió que pronto se reuniría con ella.

Unos meses después, mientras estaban sentados frente a su televisor con el volumen silenciado, como tomando su último aliento, le dijo a Rodolfo:

—El hogar no es el lugar donde nacemos, sino donde nuestros sueños se hacen realidad.

Para entonces, Arturo había eliminado todas las fotos de La Habana del Cuarto de Cuba y las había regalado. Las reemplazó con imágenes de Martica, dispuestas en orden cronológico, desde su juventud, cuando la conoció en La Habana, hasta el final. La última, que incluía a Martica y a toda su familia, había sido tomada durante la celebración de su último cumpleaños, en su casa. Como regalo de cumpleaños, Clara la había acompañado a un salón de belleza, donde la convenció de que se pintara el pelo de rubio.

—Vamos, mami, hazlo por papi —le dijo.

En la fotografía, Martica estaba sentada junto a Arturo, con el rostro tocando el de él y con un cabello rubio devolviéndole unos años. Brillaba de felicidad. Fue en el Cuarto de Cuba, rodeado de las imágenes de Martica y de su hijo, donde Arturo tendría su sueño final.

Epílogo

Hace ya varios años que Rodolfo se reunió con sus padres. Ahora, en su cumpleaños, algo pasado de peso y con más experiencia que cuando se casó con Lissy, entiende la sabiduría de las palabras de su tío. En esta noche fría de octubre, está mirando las noticias y las imágenes de la Guerra del Golfo desfilan ante sus ojos, desde los tanques rodando por la arena, hasta el desierto en llamas. Después de un largo día en su práctica, Lissy está en la cocina con sus tres hijos, colocando las velas en su cake, pensando que él no la vio correr por la sala con una caja de dulces. Mientras espera por su pequeña celebración, una secuela al almuerzo que, con el resto de la familia, tendrán el sábado siguiente en el restaurante Versailles, Rodolfo se da cuenta de una simple verdad: desde el día en que conoció a la chica torpe con lentes de geek en su clase de álgebra, ella le estuvo mostrando el camino a casa.

CRÉDITOS Y RECONOCIMIENTOS

Quisiera agradecerles a las siguientes personas por ayudarme, de una manera u otra, a reunir la información que formaría la base de esta novela:

Mi madre, Milagros, por dedicar su vida a su familia, y por las horas que pasó conmigo, después de su diagnóstico de cáncer, contándome sobre su vida, durante los años que el gobierno cubano nos mantuvo separados de mi padre.

María Fernández, por las horas que pasó en el teléfono, brindando información sobre eventos históricos relevantes.

Mi esposo y amigo, Iván, por su paciencia y su apoyo durante la redacción de este libro y por sus sugerencias sobre secciones claves de este manuscrito.

Mi querida suegra, Madeline Viamontes, por ayudarme con la traducción al castellano, por responder a mis preguntas sobre la vida en Cuba, antes y después de la revolución, y por hacernos deliciosos almuerzos todos los fines de semana durante los meses de la redacción de este libro.

Mis maravillosos amigos y lectores, Jackie Challarca, Mary Trevino, Randall Burger, Patricia Ford González, Allen Luo, Cecilia Martin, Tyler Schmidt, Ruth Padgett MacAnlis, Miriam Acosta, Clarissa Lima, Patsy Sánchez, y tantos otros amigos de mi página de Facebook quienes comparten mis publicaciones y escriben sus opiniones sobre mis libros.

Kayrene Smither, una lectora y amiga que se ofreció leer mi manuscrito inédito (versión en inglés) y quien me dio excelentes sugerencias. Estoy muy agradecida por su amistad y sus comentarios.

Al talentoso escritor Gabriel Cartaya, editor del periódico La Gaceta, profesor universitario y editor de este libro, por sus recomendaciones.

A Margarita Polo, una talentosa escritora cubana, por darme aliento y animarme a continuar.

Mi mentor, el profesor John Fleming (programa de escritura creativa de la Universidad del Sur de la Florida) a quien le estoy endeudada por todo lo que me enseñó sobre el arte de escribir.

Mi hermana, Lissette, y mi hermano, René, por su aliento y por hablarles a otras personas sobre mis libros.

A mi creciente número de lectores por todo el mundo, y a los clubes de lectores que han seleccionado mis libros, gracias por apoyarme.

A History Channel, por los videos e imágenes sobre el presidente Nixon y la Guerra de Vietnam, que incluyen los siguientes artículos:
(https://www.history.com/topics/us-presidents/nixons-adiós-video)
(https://www.history.com/this-day-in-history/nixon-declares-vietnam-war-is-ending)

El New York Times, por este valioso artículo (ya no más disponible a partir de la impresión de este libro).
(https://www.nytimes.com/1976/11/15/archives/carter-with-a-long-list-of-campaign-promises-now-faces-the-problem.html)

Time Magazine, para el artículo del 15 de junio de 2015 escrito por Lily Rothman, que me proporcionó información valiosa sobre el discurso de renuncia del presidente Nixon. (https://www.google.com/amp/amp.timeinc. net/time/3919625/richard-nixon-resignation)

SOBRE LA AUTORA

Betty Viamontes nació en La Habana, Cuba. Tenía quince años, cuando ella y su familia abordaron un barco camaronero en la costa norte de La Habana, durante lo que se conoció como el éxodo del Mariel. Más de doscientos refugiados la acompañaron esa noche tempestuosa, cuando muchas familias perecieron en embarcaciones sobrecargadas como las de ellos. La primera novela de Betty Viamontes, titulada *Waiting on Zapote Street* (*Esperando en la calle Zapote*) fue seleccionada por un club de lectores de las Naciones Unidas para su lectura de febrero de 2016 y ha sido presentada en una universidad local, debido a su relevancia histórica. En el 2016, uno de los capítulos apareció en la revista literaria de la Universidad del Sur de la Florida *The Mailer Review*. Sus cuentos y poemas han sido publicados en revistas literarias, antologías y periódicos. En el 2018, la versión en inglés de *Esperando en la calle Zapote* fue ganadora del concurso, Latino Books Into Movies Award, el cual está encabezado por el extraordinario actor Edward James Olmos. Betty Viamontes es conferencista y posee posgrados en administración de empresas y contabilidad de la Universidad del Sur de Florida, de donde también recibió un Certificado de Posgrado en Escritura Creativa. Publicó la antología *Los secretos de Candela* y otros cuentos de Habana y la novela *La danza de la rosa*.

¿Qué dicen otros lectores sobre *Esperando en la calle Zapote?*

"Desde sus golpes iniciales de pérdida y separación hasta su emocionante y emotiva conclusión, *Esperando en la calle Zapote* nos ofrece una experiencia de primera fila sobre las dificultades y el amor perdurable de una familia cubana." John Henry Fleming, autor y profesor de la Universidad del Sur de la Florida.

"Esta conmovedora narración describe las pruebas desgarradoras de pérdidas y separación que golpearon a una familia en particular, en Cuba, cuando Castro llega al poder... La autora muestra numerosas capas de la vida y las creencias cubanas..." Juez, 25 Annual Writer's Digest Self-Published Book Awards.

"Estuvimos cautivados por este íntimo retrato del impacto de la revolución." United Nations (Naciones Unidas) Women Book Club of Gulf Coast.

"Esta historia llevará al lector en una montaña rusa de experiencias del amor y la ira, que pondrán a prueba sus emociones... Definitivamente es uno de los mejores libros que he leído." The Latino Author.